아름다움,
그 불멸의
이야기

아름다움, 그 불멸의 이야기

한·중 여성 설화의 탐색

초판 1쇄 발행 2015년 10월 30일 **초판 2쇄 발행** 2016년 12월 20일
지은이 유강하 **펴낸이** 이영선 **편집 이사** 강영선 **주간** 김선정 **편집장** 김문정
편집 임경훈 김종훈 하선정 유선 **디자인** 김회량 정경아
마케팅 김일신 이호석 김연수 **관리** 박정래 손미경 김동욱

펴낸곳 서해문집 **출판등록** 1989년 3월 16일(제406-2005-000047호)
주소 경기도 파주시 광인사길 217(파주출판도시) **전화** (031)955-7470 **팩스** (031)955-7469
홈페이지 www.booksea.co.kr **이메일** shmj21@hanmail.net

© 유강하, 2015
ISBN 978-89-7483-750-1 04800
ISBN 978-89-7483-667-2(세트)
값 16,000원

이 도서의 국립중앙도서관 출판시도서목록(CIP)은 e-CIP 홈페이지(http://www.nl.go.kr/ecip)에서
이용하실 수 있습니다.(CIP제어번호: CIP2015028504)

《아시아의 미Asian beauty》는 아모레퍼시픽재단의 지원으로 출간합니다.

아시아의 미
Asian beauty 4

아름다움,
그 불멸의
이야기

한·중
여성 설화의
탐색

유강하
지음

서해문집

아름다움,
치명적
유혹

중국 청淸나라 포송령蒲松齡이 지은《요재지이聊齋志異》에는〈화피畫皮〉라는 짧은 글이 실려 있다. '화피'는 '그림으로 그려진 피부'라고 번역되는데, '입고 벗을 수 있는 아름다운 사람의 피부'라는 뜻이다. 일종의 '인간 가죽 슈트'인 셈이다. 이 이야기는 말 그대로 예쁜 여인의 모습이 그려진 인간의 가죽 슈트를 입은 요괴가 사람을 홀린다는 내용을 담고 있다.

이사씨異史氏(포송령이 스스로를 칭하는 이름)는 말한다.

"이 얼마나 어리석은 사람인가! 분명한 요물을 두고 미녀로 알았으니 말이다. 이 얼마나 멍청한 사람인가! 분명한 충고를 황당하다 생각하고, 외모의 아름다움에 낚여 그의 아내가 남의 가래를 삼켜야 하는 불행까지 일어났다. 하늘의 도는 되돌려 갚아주기를 좋아하지만, 어리석고 미혹된 자는 깨닫지 못하니 슬픈 일이다!"

주인공인 왕생王生은 길에서 처음 본 여인의 아름다운 외모에 현혹되어 요괴를 집 안으로 끌어들이는 우를 범한다. 결국 요괴에게 심장까지 빼앗기는 비극의 주인공이 된 그는, 아내가 사람들 앞에서 모진 수모를 받는 것도 마다하지 않았던 지극한 헌신 덕분에 잃었던 생명을 다시 얻을 수 있었다. 다시 살아나긴 했지만 아름다운 외모에 홀려 죽음의 끝까지 경험했던 왕생의 이야기는 결코 가볍지만은 않다. 이 흥미진진한 이야기가 끝난 후 작가는 왕생의 행위가 어리석은 일이라며 한탄한다.

'하늘의 도'를 운운하며 탄식하는 작가 뒤에는 여전히 요괴의 아름다운 외모에 홀려 자신이 죽는 것도 알지 못하는 왕생이 있다. 그런데 왕생은 소설 속에만 있는 것일까? 당장 우리 주변을 돌아보면 현실 속의 왕생은 그보다 더 많을지도 모른다.

아름다운 외모에 반해 스스로 화를 초래한 남자, 그것도 모자라 아내까지 남의 가래를 받아먹는 수모를 당하게 만들었던 어리석은 왕생에게 과연 어떤 말을 해줄 수 있을까? 외모는 그야말로 외피에 불과하니 마음의 아름다움을 봐야 한다고 말해야 할까? 그럴 수도 있겠다. 내면의 아름다움이야말로 진정한 아름다움이라는 말은 지금도 줄기차게 하고 있으니 말이다. 하지만 왕생은 내면의 아름다움을 발견할 겨를도 없이 외모를 보고 '단번에' 유혹되고 말았다. 아름다움이란 이토록 강렬한 힘을 갖고 있다.

사람의 이런 치명적 약점을 알고 있는 요괴는 마음의 수련보다 외모를 가꾸는 것이 더 효과적이라는 것을 간파했다. 요괴는 인간의 가죽을 아름답게 만드는 데 주력했고, 요괴의 노력은 결코 헛되지 않았다. 수백 년 전의 소설은 이처럼 낯설지 않다. 표현 방법은 세련되지 못하고 투박하지만, 내용만큼은 시간의 흐름이 느껴지지 않는다. 이 이야기가 오늘날에도 영화와 드라마로 부단히 만들어지는 이유일 것이다.

하지만 때로 아름다움은 동일하게 받아들여지지 않기도 한다. 사람과 시대에 따라 아름다움과 미인에 대한 기준이 다르기 때문이다. 《요재지이》 〈화피〉의 주인공인 왕생은 요괴의 미모에 홀렸지만, 때로 사람이 가진 어떤 아름다움은 사람의 외모를 무화하기도 한다. 아름다움을 추구하는 이야기, 그것에 마음을 빼앗긴 수많은 이야기는 옛사람이 남긴 글과 그림, 조각에 고스란히 남아있다. 비슷하지만 서로 다른 이야기 속에는 각기 다른 저마다의 아름다움이 퍼즐처럼 숨겨져 있다. 세상의 모든 이야기 속에 숨겨진 아름다움의 퍼즐, 이 책에서는 우리나라와 중국의 책과 그림, 이야기 속에서 그 퍼즐을 찾아보려고 한다.

이야기 속에서 찾는 '아름다움'의 퍼즐

아름다움은 누구나 추구하고, 누구나 쉽게 마음을 빼앗길 수 있는 일상적인 것이지만, 이 추상적인 개념에 접근하는 것은 결코 간단하지 않다. 게다가 그것이 학술적인 연구라면 아름다움에 대한 접근은 더욱 쉽지 않아 보인다. 아름다움에 대한 연구는 가장 일상적인 것에 대한 가장 난해한 접근이라고도 할 수 있는 셈이다.

어떻게 하면 아름다운, 무엇이 더 예쁜가에 대한 논의가 여전히 지속되는 지금, 아름다움을 탐색하기 위해 먼 옛날이야기 속의 여인들을 불러내는 것이 과연 합당한 것인지 모르겠다. 오늘날 아름다움의 의미를 찾기 위해 낡고 뒤떨어진 설화說話(신화와 전설, 민담을 포함)를 대상으로 하는 게 어울리지 않는다고 의심하거나 비판을 할 수도 있다. 이에 대해 작은 변명이 필요할 것 같다. 옛사람이 만들고 즐겼던 설화는 낡고 흘러간 옛이야기가 아니라, 인간의 삶을 그대로 보여준다는 점에서 소박하지만 진실한 통로가 되어줄 것이라고 생각한다. 삶의 양태는 달라졌지만 인간의 욕망과 바람, 희구는 크게 다르지 않기 때문이다. 아름다움을 추구하는 마음이나 태도도 마찬가지일 것이다.

아름다움을 찾기 위해 설화를 선택한 또 다른 이유는 설화가 갖는 유동성과 융통성 때문이다. 생명력이 긴 설화는 입에서 입으로 전해지면서 각기 다르게 해석되고, 시대적 배경, 사람들의 욕망과 희구, 심미관 등을 반영하며 부단히 변화해왔다. 그 과정에서 이야기가 덜어지기도 하고 보태지기도 하면서 끊임없이 변화해온 것이다. 한마디로 설화는 열린 텍스트다. 그 느슨함 덕분에 설화는 무수한 변이를 만들어내며 지금까지 생명력을 유지해왔다. 설화는 그 근원에서 퍼 올린 미덕과 상상력이라는 자양분 덕분에 더욱 풍부하게 자라고, 지금도 꾸준히 변화하고 있다.

설화가 만들어지고 변화하면서 전해지는 그 오랜 시간 동안 사라진 주인공이 있는가 하면 지금까지 사람들의 사랑을 받는 주인공도 있고, 악하고 추하게 변한 대상이 있는가 하면 아름답고 선한 모습으로 변화한 대상도 있다. 그런 이야기의 변화무쌍함 속에서 문득 궁금해졌다. 지금까지 살아남은 여인이나 여신은 어떻게 그 생명력을 유지할 수 있었는지, 또 시간이 지날수록 아름다워진 그녀들은 어떤 이유로 긍정적인 변화를 가지게 되었고, 반대로 흉하게 변한 그녀들은 어떤 사연으로 그러한 변화를 겪게 되었는지 말이다.

설화를 선택한 다른 이유를 더 들어보자면 그것이 '이야기'이기 때문이다. 아름다움은 일단 보기에 좋고, 사람의 마음을 움직이는 신비한 힘을 지니고 있다. 이 책에서는 아름다움이 그저 시각적인 어떤 것에 머무르지 않고, 인간의 파토스(예술에서의 주관적. 감정적 요소)와 결합하여 예측할 수 없는 이야기로 만들어지는 것을 보면서 아름다움의 힘이 어떤 것인지 살펴보고 싶었다.

이 글에서 다루게 될 설화의 범주에는 우리나라와 중국의 신화나 민담, 전설 외에 역사 이야기도 일부 포함된다. 엄밀히 말하자면 설화와 역사는 다른 것이지만, 때로 어떤 역사 이야기는 부단한 각색과 윤색을 거쳐 오늘날 우리에게 전해진 것도 있다. 어떻게 보면 그것이 분명히 '실존했다'는 사실을 제외하면, 설화가 전해진 과정과 크게 다르지 않은 이야기다. 이들의 이야기는 때로 역사와 설화의 경계에 대해서도 생각할 수 있는 여지를 마련해줄 것이라고 생각한다.

아름다움에 대한 다른 이야기

인류와 역사를 같이해왔다고 말해도 과언이 아닌 이야기, 즉 신화·설화·민담 등 다양한 이름을 가진 이야기는 고대인의 삶이자 과학이고 신앙이었다. 이야기 속에서 과학과 종교가 만나고, 과거와 미래가 조우하며, 그 속에서 사람들은 거대한 우주의 일부가 됐다. 인간이 살았던 모든 곳에 있었던 이야기는 여신과 여인, 아름다움과 추함에 대한 이야기를 담고 있다. 이야기 속에는 아름다움을 추구한 사람, 아름다움에 매혹된 사람, 아름다움 때문에 벌어진 웃음과 눈물이 스며들어 있다. 이것은 동서양을 막론하고 공통적이다.

그리스 신화에서도 아름다움의 화두는 빠지지 않는다. '트로이의 목마'로 널리 알려진 그리스 연합군과 트로이 연합군 사이의 전쟁은 누가 더 예쁘냐는 유치한 논쟁에서 시작되었다고 해도 과언이 아니다. 펠레우스와 테티스의 결혼식에 초대받지 못한 불화의 여신 에리스는 자신의 불쾌감과 분노를 하나의 황금 사과에 담아 던졌다. 아름다운 황금 사과였지만, 문제가 있다면 거기에 '가장 아름다운 여신에게'라는 글이 쓰여 있었다는 점일 것이다.

우주와 만물을 호령했던 헤라·아테나·아프로디테였지만, 그녀들은 '가장 아름다운 여신에게' 바쳐진 황금 사과를 결코 양보하려고 하지 않았다. 여신들의 민감한 문제에 끼어들고 싶지 않았던 제우스는 트로이의 양치기인 파리스에게 심판 자리를 양보하는 영리한 선택을 했다. 가장 아름다운 여신이 되고 싶었던 그녀들은 한낱 인간인 목동 앞에서 자신들의 아름다움을 과시하는 한편, 온갖 선물로 그의 환심을 사려고 노력했다. 제우스의 아내인 헤라는 아시아의 모든 나라를 통치하는 지배자로 만들어주겠다고 약속했고, 전쟁의 여신인 아테나는 모든 전쟁에서 승리하게 해주겠다고 말했으며, 미美의 여신 아프로디테는 세상에서 가장 아름다운 여인을 주겠다고 속삭였다. 파리스가 선택한 것은 세상의 지배자도, 전쟁의 승리자도 아니었다. 그는 세상에서 가장 아름다운 여인의 남자가 되고 싶어 했다. 드디어 세상에서 가장 아름다운 여신이 된 아프로디테는 약속대로 파리스가 지상 최고의 미녀 헬레네를 차지할 수 있도록 도왔다. 헬레네는 이미 스파르타의 왕 메넬라오스의 왕비였지만, 아프로디테는 파리스가 그녀를 납치하도록 도왔고, 결국 이 사건은 무려 10년에 걸친 오랜 전쟁으로 이어지게 됐다.

누가 더 아름다운가를 두고 시샘하고 질투하며 경쟁하는 여신들, 세상의 모든 부귀와 영화보다 아름다운 여인을 택한 파리스의 선택은 아름다움에 탐닉한 욕망이 부딪치며 만들어낸 파문의 크기를 보여준다. 어디 이 이야기뿐이겠는가. 세상 모든 사람이 알고 있는 〈백설공주〉, 〈신데렐라〉, 〈미녀와 야수〉, 〈라푼젤〉 같은 동화 속에도 아름다움이 숨어 있다. "거울아, 거울아, 세상에서 누가 제일 예쁘니?"라는 오래된 질문은 마치 에리스가 던져놓은 황금 사과와 같이 이야기를 끌어나가는 중요한 역할을 한다.

이처럼 세상에는 미인과 아름다움에서 비롯한 다채로운 이야기가 넘쳐나는데, 이 책에서는 우리나라와 중국의 설화 속에서 아름다움을 찾아보고자 했다. 그것은 우리와 가장 가까운 곳에서 아름다움을 찾아보겠다는 소박한 바람 때문이기도 하고, 그간 아름다움에 대한 논의가 주로 서양의 글과 그림을 중심으로 진행돼온 것에 대한 아쉬움 때문이기도 하다. 실제로 서양에는 아름다움에 관한 이야기뿐만 아니라, 아름다운 여인과 여신을 표현한 그림과 조각이 넘쳐난다. 그래서 '미의 여신'이라고 했을 때 아프로디테를 떠올리기 쉽지만, 우리 신화에서는 과연 누구를 호명해야 할지 망설이게 된다. 그것은 미에 대한 기준이 서구화됐기 때문이기도 하고, 아름다움과 관련한 극적인 이야기가 상대적으로 결핍돼 있기 때문이기도 하다.

그러나 조금만 눈을 돌려보면, 그리스 신화를 중심으로 하는 서양의 이야기와는 다른 아름다움을 발견할 수 있다. 아름다움을 추구했던 것은 같지만, 무엇이 아름다운지에 대한 내용까지 일치하지는 않는다는 사실을 발견할 수 있다.

대표적인 차이점 가운데 하나가 바로 젊음을 대하는 태도다. 서양의 수많은 그림과 조각에 넘실대는 희고 부드러운 살결, 풍성한 머리털은 오로지 젊음만이 선사할 수 있는 아름다움의 향연이다. 젊음과 아름다움의 거리는 결코 멀지 않다. 때로 서양에서 나이 든 여성은 탐욕스럽게 젊음을 갈구하거나, 젊음과 아름다움을 위해 끔찍한 짓도 서슴지 않는 마녀의 형상으로 그려지곤 한다. 검은 외투를 뒤집어쓰고 긴 손톱이 달린 앙상한 손으로 마법의 약물을 만드는 그녀들의 등은 굽어 있다. 자연스럽게 나이 들어가는 노화 앞에서 그녀들은 시간의 저주를 풀지 못해, 시간을 거슬러 올라가지 못해 안간힘을 쓰며 마법의 약물을 만든다. 그녀들에게 시간은 세상에서 가장 지독한 저주다.

서양의 동화와 설화 속에서 아름다운 여인과 왕자가 서로에게 반해 우여곡절 끝에 올리는 결혼식의 팡파르 이후 '그 후로, 그들은 오래오래 행복하게 살았습니다'라는 단 한 줄의 이야기만을 남길 수밖에 없었던 것은, 서로 늙어가는 모습을 바라봐야 하는 그들의 삶을 그려낼 자신이 없었기 때문인지도 모르겠다. '그 후로 오래오래'라는 단 한 줄로 남겨진 이야기에는 서둘러 감춘 늙음의 그림자가 남아 있다.

그러나 우리나라와 중국의 이야기는 조금 다르다. 아름답다는 찬사를 받는 여인은 문자 그대로 어여쁜 외모를 갖고 있기도 하지만, 때로 그녀들은 젊은 외모와 무관하게 사랑받기도 한다. 사람들은 수천 년 동안 발그레한 복숭앗빛 뺨을 가진 소녀, 결코 늙지 않는 여신의 초상에 흰 머리카락을 그려 넣기도 하고, 젊은 여신을 마치 중년 여성처럼 표현하기도 한다. 몸에 새겨진 시간의 흔적, 나이 듦의 증거는 그녀들에 대한 비하나 혐오의 의미가 결코 아니다. 그녀들은 굽은 등, 흰 머리카락을 갖고 있지만 형형하면서도 따뜻한 눈빛을 가지고 있다. 그녀들을 기리는 사당 앞에서 타오르는 향은 그녀들을 향한 사랑과 존중의 증거다.

아름다움을 추구하는 것은 모두 같지만, 이처럼 다른 이야기는 아름다움에 대한 서로 다른 이해와 사유에서 비롯했다고 할 수 있다. 그 어떤 것도 정답이 아니고, 정답일 수 없다. 무한히 주관적인 해석과 현상 앞에서 다만 아름다움에 깊이 탐닉했던 사람들의 마음과 욕망을 읽어낼 뿐이다.

아름다움을 찾아가는 길

나는 우리나라와 중국의 책과 그림, 조각과 이야기 속에서 그 존재를 증명하는 수많은 여신, 여인을 통해 아름다움의 의미와 만나고 싶었다. 고대인이 남겨준 그림과 문자, 이야기와 이미지가 이 작업을 가능하게 했고, 그들이 남겨준 것을 통해 고대의 시간 속으로 잠시 스며들 수 있었다. 옛사람이 남겨준 《이아爾雅》, 《설문해자說文解字》 등의 책과 이야기, 마을 어귀와 사당에 아무렇지도 않게 남아 있는 그림, 아름다움에 탐닉했던 그들이 남겨준 글과 문자, 문학 작품과 이야기는 후인後人에게 남겨진 복福이다.

아쉬운 점이 있다면, 우리나라와 중국의 설화는 그리스 로마 신화의 그것처럼 역동적이거나 다채롭지 않고, 이야기 또한 산발적이고 단편적인 경우가 많다는 것이다. 하지만 그 단편성을 뚫고 나오는 순수한 진실은 반짝거리며 그 존재를 증명한다. 얼마나 누추하든 또는 얼마나 소박하든 그것은 사람들의 진실한 이야기이니 말이다. 아름다움이 무엇인지에 대한 정해진 답은 없다. 앞으로도 그럴 것이다. 다만 분명하게 말할 수 있는 것은, 아름다움이 얼마나 비슷하고 다르게 이해되느냐의 문제와 무관하게 아름다움이라는 미묘한 것이 많은 사람의 마음을 빼앗았고, 앞으로도 그럴 것이라는 점이다. 아름다움이란 일상의 것이면서 특별하고, 범속한 것인 동시에 성스러운 것이기 때문이다.

나는 이 작업을 하면서 신화와 이야기, 그림 속에서 그리고 길 위에서 수많은 여신과 여성을 만났다. 그녀들이 중심이 되어 만들어진 다채로운 이야기 속에는 지극한 마음이 있었다. 그녀들은 단지 아름답기 때문이 아니라, 그 아름다움이 누군가의 마음을 흔들었기 때문에 시간을 뛰어넘는 불멸의 이야기로 남을 수 있었다.

이 글을 완성하기까지 많은 사람들의 도움과 손길이 있었다. 아름답고 흥미진진한 이야기를 남겨준 이름 모를 고대인들, 그림과 조각으로 그들의 마음을 읽게 해준 옛 장인匠人들과 옛사람들, 좋은 책을 번역해주신 역자들과 모든 연구자들께 진심 어린 고마움을 전한다. 무엇보다 아름다움에 닿는 고요한 길을 즐거운 마음으로 걸을 수 있게 해주신 아모레퍼시픽 재단과, 그 길을 함께 걸었던 아름다운 사람들, 이야기 속에서 부단히 말을 걸어준 여신들과 여인들에게 깊은 감사의 마음을 전한다.

2015년 10월

유강하

5.   변화 그리고 변신의 비밀

6. 영원한 아름다움의 조건

미에 대한 관심과
사유는 오랜 시간을
거슬러 올라간다

고대인의
　　사유와
'미'

I

고대로부터 인간은 글과 그림으로 자신의 생각과 욕망을 표현해왔다. 언어나 시각적 이미지는 그것을 대하는 사람들의 마음이나 생각에서 시작되는데, 이렇게 본다면 고대의 말과 글에 대한 사유는 가장 소박하면서도 근원적인 것이라고 할 수 있다.

미美에 대한 관심과 사유는 오랜 시간을 거슬러 올라간다. 고대인이 즐겼던 미는 과연 어떤 것인지 궁금해진다. 고대인이 남겨준 그림과 글은 아름다움의 의미를 만들어낸 그들과 여전히 아름다움에 대해 궁금해하는 우리를 소통하게 하는 소중한 통로가 된다.

이 글의 1부에서는 고대인이 남겨준 옛 문자를 통해 미의 사유를 읽고, 이어 고대의 사전이라 할 수 있는 《설문해자說文解字》, 백과사전이라 할 수 있는 《이아爾雅》와 그 외의 문헌에 남겨진 글을 먼저 살펴보려고 한다. 고대의 글자와 텍스트 그리고 수천 년을 거슬러온 문자와 글에는 아름다움에 관한 여러 생각이 퍼즐처럼 곳곳에 숨어 있는데, 그 퍼즐을 하나씩 맞추어가다 보면 '아름다움'이라는 커다란 그림을 만나게 된다.

고대 문자로
본 '미'

미美와 양羊

아름다움을 의미하는 '미'라는 글자는 기이하다. '양羊'과 '대大'라는 간단한 문자를 조합하면 '아름답다'는 소박하면서도 심오한 의미로 완성되기 때문이다. 글자를 있는 그대로 풀이하면 '양이 크면 아름답다'는 해석으로 이어지는데, 이 해석은 고대인이 가졌던 사유의 속살을 그대로 보여준다.《설문해자》〈양부羊部〉의 짧은 기록이 좋은 근거가 된다.

'미'는 맛이 좋은 것이다. 양과 대로 이루어져 있다. 양은 육축 가운데서도 좋은 음식(膳)으로 제공되는 것이다. (…) 양이 크면, 곧 아름다운 것이다. 그렇기 때문에 '대' 자를 따르는 것이다.'

커다란 양, 우아함이라고는 찾아볼 수 없는 흔하디흔한 동물에게서 고대인은 과연 어떤 아름다움을 찾았던 것일까? 사자나 기린, 봉황처럼 우아하거나 환상을 불러일으키지는 않지만, 양은 고대 중국 사회에서 제물祭物과 먹을거리 용도로 사용된 동물이었다. 육축 가운데서도 맛이 좋았기(甘) 때문에 좋은 음식(膳)으로 특별한 대우를 받았다. 《설문해자》의 정보를 토대로 추리해보자면, 양은 상징적이기보다는 실용적인 동물이었고, 이 사실은 큰 것(大)에 대한 선호로 이어졌다고 할 수 있다.

그것을 먹든 또는 제물로 사용하든 작고 마른 양보다는 크고 살진 양이 제격이었다. 우선 제물로 사용할 경우 크고 살진 양이야말로 가장 아름다운 동물로 생각되었을지도 모른다. 또한 양고기를 먹고 그 가죽과 털을 이용하는 고대인에게 작고 마른 양보다는 살이 오른 양이 더 좋은 것으로 보였을 것이다.[2]

하지만 갑골문을 세심하게 살펴보면 미가 단순히 '양'과 '대'의 조합이 아닌 것처럼 보이기도 한다. 그래서 혹자는 반론을 제기한다. 아래쪽의 대 자가 사람을 형상화한 것이고, 위쪽은 양의 머리가 아닌 새의 깃털로 장식하여 아름다운 모습을 나타내려 한 것이라고 해석하는 것이다.[3] 또한 여기에 사용되는 "새털은 단순한 몸의 치장이나 심미 추구를 위한 것이 아니라 하늘이나 초자연적 절대자 또는 조상신과 매개하던 새의 화신으로 자처한 당시 특정 계급의 의식을 나타낸다고 풀이"[4]하기도 한다. 실제로 미 자를 자세히 들여다보면, 팔다리가 분명하게 표현된 사람의 모습을 찾을 수 있고, 머리 위로 화려하게 솟은 어떤 것을 발견하게 된다. 이런 이유로 사람들은 그것을 새털로 만든 아름다운 장식이라고 해석했다.

아름다운 사람을 표현했다는 것이 아니고, 사람이라서 아름답다는 의미도 아니다. 글자 속의 사람은 머리 장식을 통해 아름다움의 의미를 획득하게 된다. '미' 자가 갑골문甲骨文 형식으로 표현된 '글자'임을 염두에 둔다면, 아름답다는 의미를 표현하기 위해 섬세하게 고안되었다는

갑골문에 표현된
글자, '미美'

새는 사냥감으로서 일상의 동물이거나(왼쪽, 산둥山東 성 취푸曲阜),
이승과 저승의 경계인 무덤의 문에 있기도 했고(가운데, 산시陝西 성 쑤이더綏德),
그 자체가 신神(그림은 월신月神)이기도 했다(오른쪽, 쓰촨四川 성 신두新都)

것을 알 수 있다. 동물의 딱딱한 뼈나 등껍데기 위에 칼로 하나하나 새겨 넣어야 했던 갑골문의 특성상 섬세한 표현은 불가능했을 것이다. 갑골문은 말 그대로 '글자(文)'가 아닌가! 글자는 의사소통을 위한 최소한의 표현, 약호略號다. 크고 화려한 머리 장식에 공을 들인 이 글자에서 '꾸밈'과 '치장'을 통해 아름다움을 표현하고자 애쓴 흔적을 발견할 수 있다.

그렇다면 '양'과 '새' 사이에는 어떤 공통점이 있는 것일까? 이들은 고대 세계의 흔한 동물이었다는 것 외에, 모두 '두 세계'를 전제하는 제사祭祀에 사용되었다는 공통점을 갖고 있다. 양은 제사에 쓰이는 훌륭한 희생 제물이었고, 신의 세상과 인간 세상을 이어주던 샤먼(무당)은 때로 깃털로 치장해 스스로 신의 화신이 되거나 매개가 되고자 했다. 신의 세계로 다가가려는 이들이 가장 아름다운 모습으로 준비되었으리라는 생각은 그리 어렵지 않다. 희고 풍성한 털을 가진 양, 빛이 곱고 흠이 없는 새, 화려하고 아름다운 빛깔의 깃털이야말로 좋고 아름다운 것으로 환영받았을 것이다.

양과 새는 가장 흔했지만 고귀한 동물이었다. 가장 평범하지만 가장 성스러운 곳에 선택된 동물이 가진 양가적 상징성은 아름다움의 근원적 의미와 맞닿아 있다. 양과 새는 성聖과 속俗의 경계를 간단히 뛰어넘는 동물이다. 이들은 눈에 선명하게 보이는 동시에, 눈에 보이지 않는 세계에 대한 지향성과 순수성 그리고 삶과 밀착

된 아름다움의 근원적 의미를 보여준다.

양羊과 상祥

양은 상서로운 동물로서 제물로도 적합하고, 사람들에게는 안전하고 맛있는 먹을거리가 되었으며, 가죽을 공급해 일상생활에 큰 도움을 주는 동물이었다. 제의祭儀가 전쟁만큼 중요했던 시기에 제물로 사용되었다는 것만으로도 큰 의미를 부여할 수 있다. 그래서 양이라는 동물은 자질과 속성 덕분에 더욱 사람들의 환영을 받았다.

《주례周禮》에서는 양을 상서롭다(祥)고 풀이했는데, 이것은 발음의 유사성뿐만 아니라 그 속성과 상징적 의미를 더 크게 봤기 때문일 것이다. 후대의 허신許愼과 단옥재段玉裁 역시 이 해석을 그대로 따랐다.

'양羊'은 '상서롭다(祥)'는 뜻이다.

– 허신,《설문해자》

'양'과 '상'은 운모가 같다. (…) 양은 '좋다(善)'는 뜻이다.

– 단옥재,《설문해자주》

화상석 무덤에 장식된 '양', 한나라, 중국 산둥 성 박물관 소장(위)
화상석 무덤 문미에 장식된 '양', 한나라, 중국 산둥 성 박물관 소장(아래)

"양羊부에 속하는 글자는 모두 양의 의미를 따른다"라는 《설문해자》의 설명처럼, 양 자를 포함한 글자는 모두 양이라는 동물과 관련되어 있다. 게다가 양은 '상서로움'을 의미하는 상祥과 비슷한 소리를 만들어낸다. 발음하기에도 듣기에도 좋은 글자인 것이다. 그런 이유 때문인지 몰라도, 양羊을 포함한 글자는 대부분 좋은 의미를 갖고 있다. 미美, 선善, 상祥 등이 그러하다. 양이 가진 길상吉祥의 이미지는 그것을 더 아름답게 '느껴지고', '인식되도록' 했다.

한漢나라의 화상석畵像石 무덤에서 발견된 양의 흔적은 후대까지 이어져온 양의 '상서로움'을 잘 설명해준다. 무덤은 삶과 죽음이 교차하는 상징적인 공간, 인간이 영원히 머물러야 하는 영혼의 집이다. 부정한 것과 더러운 것을 차단하는 것이 무엇보다 중요한 곳이기 때문에 사람들은 잡스러운 것을 물리친 후에야 비로소 무덤에 세상의 온갖 좋은 것, 귀한 것, 원하는 것을 넣을 수 있었다. 양은 평범하면서도 길상을 불러오는 축복의 동물이었기에, 무덤의 입구와 문미門楣에 선택되어 공간을 더없이 성스럽고 귀하게 만들었다.

뿔이 있고 살이 오른 커다란 양은 고대인에게 보기에도 좋고, 제사에 사용하기 적합했으며, 일상에서도 버릴 것 하나 없는 귀중한 동물이었다. 양에게서 아름다움과 선함, 상서로움의 의미를 동시에 찾을 수 있는 것은 양이 가진 다양한 의미 작용 덕분이라고 해도 좋을 것이다.

이처럼 양은 시각적, 상징적, 청각적인 의미를 모두 담고 있다. 이는 양羊을 일부로 갖는 미美의 의미를 이해하는 데 중요한 단서를 제공한다. 아름다움은 결국 한 측면에 머무르지 않고, 인간의 모든 감각기관을 통해 표현되고 전달되는 것이다.

고대의 여러 자료를 종합해본다면 아름다움은 일차적으로 시각적인 면을 자극하지만, 결국 인간의 오감五感을 통해 느껴지는 종합적인 것이라고 할 수 있다. 특히 아름다움은 사람들에게 안정감과 행운, 기대를 불러온다는 종교적·심리적 요소도 포함하고, 때로는 이것이 시각적 요소를 압도하기도 한다. 양羊에서 비롯한 글자인 상祥은 이 과정을 보여주는 중요한 단서가 된다.

미美와 선善

아름다움은 곧 선한 것

아름다움(美)에서 빠질 수 없는 글자 양羊은 선善의 의미도 품고 있다. 단옥재는 《설문해자주》에서 《주례周禮》의 주석을 인용하여 '양'은 '선'의 의미를 갖는다고 풀이했다. 앞에서 살펴본 것처럼 커다란 양에서 아름답다는 의미가 만들어졌고, 상서롭다는 의미로

확대되었으며, 양에서 만들어진 아름답다(美)는 글자는 선하다(善)는 의미도 갖게 됐다.

'양羊'과 '상祥'은 운모가 같다.《주례》〈고공기考工記〉의 주석에 (따르면) '양은 좋다(善)는 뜻'[5]이다.

－《설문해자주》

'미美'는 맛이 좋다는 뜻이다. (…) '미美'와 '선善'은 같은 의미(同意)다.[6]

－《설문해자》〈양부〉

'미美'가 '맛이 좋다(甘)'는 의미를 가지게 된 것은 양이라는 동물에서 비롯됐다. 고대인이 육축 중에서도 으뜸으로 꼽았던 양이 아름답다는 의미를 가지게 된 것은 자연스러운 과정이었다. 맛이 좋은 동물은 사람들의 원초적 감각인 미각을 자극하는 천혜의 동물이었다. 양은 클수록, 많을수록 사람들에게 기쁨을 가져다주었을 테고, 이는 미美가 선善의 의미를 획득하는 자연스러운 과정이 되었을 것이다.

양羊을 부수로 하는 글자는 대개 다양한 종류의 양을 설명하지만, 그렇지 않은 경우 '선善'이나 '착한 말을 한다', '착한 말로 권한

주 문왕이 갇혀 있던 유리 유적,
중국 허난河南 성 소재

다'는 의미의 '유羑' 자 등의 탄생으로 이어졌다. 중국의 찬란한 주周 왕조를 있게 한 시조 문왕文王이 갇혀 있던 역사적인 유배지, 유리羑里에도 '양'의 흔적이 남아 있다.

> 유羑는 착한 데로 나아가게 하는 것이다. 양羊으로 이루어져 있고, 구久의 발음을 따른다. 문왕이 유리羑里에 갇혀 있었다.[7]
>
> ─《설문해자》〈양부〉

공자가 꿈에서조차 사모했던 찬란한 주 왕조를 가능케 한 주인공인 문왕이 갇혀 있던 곳, 팔괘八卦의 비밀을 풀었던 곳이 바로 유리다. 신비스러운 장소인 유리는 후인들에게 더 이상 유배지가 아니라, 고통 속에서 찬란한 미래를 싹틔웠던 성스러운 땅(聖地)일 뿐이다.

아름다움은 마음을 즐겁게 하는 것

아름다운 것(美)은 선하고(善), 상서로우며(祥), 달콤한 맛(甘)과도 통한다는 옛사람의 설명은 후대의 유명한 주석가 왕필王弼의 주석으로 이어진다.

> '미美'라는 것은 사람들이 마음으로 즐기는 것이다.[8]

지금으로부터 약 2000년 전 중국의 오랜 분열기, 지독한 혼란기를 살았던 한 천재 소년 왕필은 어렵다는 《노자老子》를 들여다보면서 "아름다움이란 사람이 마음으로 즐기는 것"이라는 주석을 남겼다. 마음으로 즐기는 것, 무한한 주관성을 가진 이 해석은 '오늘'의 맥락에서도 폭넓게 받아들여진다. 따뜻한 마음이나 좋은 성격, 미덕 등으로 서서히 사람들의 마음을 기쁨과 행복으로 젖어들게 하는 아름다움, 마음에 따뜻한 흔적을 남기는 아름다움은 시각적인 조건만으로는 불가능하다. 왕필은 '사람이 마음으로 즐기는 것'이라는 포괄적인 언어로 '미'에 대한 설명을 대신했다.

　　사람들이 좋아하는 것을 살펴보면 '기준'을 찾기가 어려울 때가 있다. 사람들이 아름다움을 느끼는 통로가 그만큼 복잡다단하기 때문일 것이다. 2000여 년 전 천재 소년 왕필의 미에 대한 설명, 마음으로 즐기기 때문에 아름답게 느껴지고 마음으로 즐기지 못하기 때문에 아름다움도 느끼지 못한다는 빤한 귀결은 시각적 효과로 아름다움을 재단하는 우리의 시선에 잔잔한 파문을 일으킨다. 왕필의 말은 결국 객관적이고 시각적인 시선을 한 겹 걷어내면 다양하고 깊이가 다른 아름다움을 만날 수 있다는 설명과도 닿는다.

　　오랜 속담, 사람들의 마음을 울리는 낡은 이야기는 상상력이 보태져 보다 풍부하고 아름다운 이야기로 만들어진다. 주인공의 겸

손, 미덕, 선량함 등의 미덕은 그들을 아름답다고 느끼게 하는 근원이 된다. 외적인 미모와 무관하게 사람들의 사랑을 받았던 설화 속의 여신과 여인은 다양한 형태의 심미관을 보여준다. 어떤 여신과 여인에게는 사람들을 한눈에 반하게 하는 아름다움은 없을지 모르지만, 그녀들의 또 다른 자질과 속성이 그녀들의 아름다움을 더욱 빛나게 만든다.

'아름다움이 무엇인가'를 묻는 질문은 '인간은 무엇인가'에 대한 질문처럼 쉽사리 대답하기 어렵다. 하지만 '아름다움'이 유동적인 속성을 가진 것이고, 사람의 마음을 움직이기도 한다는 점에 대해서는 커다란 이견이 없을 듯하다. 소년 왕필이 말했던 "미美라는 것은 사람이 마음으로 즐기는 것"이라는 간명한 설명처럼 말이다.

고대의 텍스트가
말하는 '미'

자연의 아름다운 속살

자연의 모습에 경탄하며, 자연의 언어에 귀 기울이는 것은 경이로움
으로부터 시작된다. 그리고 그것은 또한 경이로움으로 끝난다. (…)
자연에 이끌려 자연의 존재를 알게 되고 그 속에 계시되어 나타난
형상에 눈을 뜰 때도 마찬가지였다. 바로 그 순간만큼은 나는 생각
하거나 명령하거나, 획득하거나 착취하거나, 투쟁하거나 조직하는
일 따위는 모두 잊었다. 그 대신에 나는 오직 '경탄하는 일'에만 몰두
했다.[9]

헤르만 헤세는 수정처럼 정교한 나비의 날개를 보고, 또 날개
가장자리의 복잡하고 다양한 선과 여러 가지 보석을 박아놓은 듯
한 매혹적이고 아름다운 무늬를 보고 감탄을 금하지 못했다. 아름

다운 나비도, 그것을 보면서 아름다움을 느끼는 사람도 모두 자연의 일부다. 고대인이 자연과 사람을 보면서 아름다움을 탐색한 과정은 흐르는 물처럼 자연스럽다.

'아름답다'라는 흔한 번역어로 사용되는 '미美'라는 이 단어는 다른 글자와 결합하여 더욱 풍부한 함의를 만들어낸다. '미'라는 추상적인 개념을 표현하는 것은 결코 쉽지 않은데, 세상의 곳곳에 숨겨진 아름다운 것을 찾아내 보여주는 것은 미를 설명하는 훌륭한 방식이 되어왔다. 아름다움이란 미처 살피지 못했던 모든 부분에서 발견할 수 있는 신기한 것이다. 옛사람들은 숲 속의 나무, 하늘에 아무렇게나 걸린 무지개, 땅속에 깊이 묻힌 구슬을 통해서도 아름다움을 느꼈다.

고대인이 세상 곳곳에서 찾아낸 아름다움의 언어는 《이아》에 모여 있다. 단어 자체에 '미' 자를 포함한 글자, 즉 미녀美女, 미사美士, 미모렵美髦鬣, 미옥명美玉名, 미인홍美人虹, 미종美樅, 미성지모美聖之貌 등이 그런 예다.

미모렵美髦鬣(갈기가 예쁜 말): 푸르고 검으며, 갈기가 양쪽으로 나누어 늘어진 것이 유騥(검푸르며 갈기가 나뉜 말)다.

– 《이아》〈석축釋畜〉'이아주爾雅注'

미옥명美玉名(아름다운 옥의 이름) : 구구璆와 림琳은 미옥美玉(아름다운 옥)이다.

－《이아》〈석기釋器〉

미인홍美人虹(미인 무지개) : 체동螮蝀을 우虹(무지개)라고 한다. 체동은 홍虹(무지개)이다.

－《이아》〈석천釋天〉

미종美樅(아름다운 전나무) : 종樅(전나무)은 잎이 소나무(松) 같으면서 몸은 측백나무(柏) 같은 것이다.

－《이아》〈석목釋木〉

고대인의 마음을 아름다움으로 물들인 것은 사람만이 아니었다. 사람들은 그들의 눈이 닿는 삶의 모든 곳에서 아름다움을 느끼고 그것을 표현해왔다. 사람들이 아름다움을 느끼는 통로는 매우 다양했고, 그것에 대한 감탄은 동물(말), 식물(전나무), 광물(옥), 자연현상(무지개)에 이르기까지 매우 다채롭게 표현됐다. 우선 화상석 무덤에 장식된 말과 나무를 보면(46쪽 참조), 운치 있게 뻗은 나무 아래 말이 매여 있다. 고대인에게 말은 교통·운송수단일 뿐만 아니라, 다양한 용도로 사용되었는데, 특히 말은 사람을 천상까지

데려다주는 동물로 여겨지기도
했다.

고대 중국의 옥玉,
중국 산둥 성 박물관 소장

그리고 고대 중국인의 눈에
가장 완전하고 아름다운 보물
은 단연 '옥'이었다. 단단하고
은은하게 빛나는 이 돌은 사람
의 몸과 마음을 더욱 완벽하게
해주는 보석이었다. 흠잡을 데
없다는 '완벽完璧'이란 말 역시 바로 아름다운 옥돌에서 비롯했다.

'이아주爾雅注'에서는 전나무(樅)의 아름다움에 대해 "집 모양처
럼 생긴 산에 있는 아름다운 전나무"라고 하면서 전나무의 외형을
칭찬했다. 무지개(蝃蝀)에 대해서는 사람들이 '미인홍美人虹(미인 무
지개)'이라고 부른다면서 그 산뜻함과 신비로움을 설명했고, 윤기
나는 갈기를 가진 말의 아름다움에 대해서도 칭송을 아끼지 않았
다.¹º

사람들이 '아름다움'이라고 하는 추상적인 개념에 접근하는 방
식은 오히려 구체적이었다. 그들은 삶의 가장 가까운 곳에서 아름
다움을 찾았다. 전나무와 말, 옥, 무지개는 누구나 삶의 곳곳에서
만나고 경험할 수 있는 것이었다. 수없이 많은 여인 속에서 미인
을 발견할 수 있는 것처럼, 수없이 많은 전나무를 경험했기에 그

산둥 성 가상현 무씨사武氏祠 누각

속에서 비로소 가장 아름다운 전나무를 찾아낼 수 있었다. 다른 아름다움도 마찬가지다. 우리 삶과 밀착한 양과 새를 통해 신성함과 아름다움을 느낄 수 있었던 것처럼, 어떤 아름다움은 사람과 가장 가까운 곳에서 발견된다.

자연의 아름다움은 일일이 예를 들 수 없을 정도로 많다. 다음에서 보게 될 아름다운 여성의 모습은 대부분 자연물에 빗대어 찬양된다. 중국이나 우리나라나 모두 오랫동안 산수시山水詩와 자연시自然詩의 전통을 갖고 있었다는 사실은 자연이 사람에게 가져다주는 근원적 아름다움의 의미를 이해하게 해준다.

사람이 아름다워

아름다움을 가장 다양하게 보여주는 것은 단연 '사람'이다. 사람은 외모에서 시작해 말솜씨, 적절한 언어 사용, 옷차림과 행동거지 등 다양한 부문에서 각기 다른 아름다움이 표현되고, 그 표현 또한 매우 다채롭다. 우선 아름다운 여인(美女)과 아름다운 남성(美士)에 대한 간단한 설명을 찾아보자.

미녀美女(아름다운 여인) : 미녀를 원媛(아름다운 여자)이라고 한다.

－《이아》〈석훈釋訓〉

미사美士(아름다운 남자) : 미사를 언彦(훌륭한 사람)이라고 한다.

－《이아》〈석훈〉

《이아》에서 남성과 여성에 대해 각기 '원'과 '언'이라는 차별된 용어를 선택한 것에서 남성과 여성에 대한 심미관이 다르게 작동했다는 것을 알 수 있지만, 이런 소박한 설명만으로는 미녀와 미사의 구체적인 모습을 알 수 없다. 다만 미사는 '훌륭한 사람'이라는 해석과 함께 "사람들에게 칭송받는다"('이아주)라는 설명이 부연되어 있는 것으로 보아, 사람들의 마음을 끌었던 것이라고 할 수 있다.

사람들은 어떨 때 아름답다고 칭송하는 것일까? 고대인이 불렀던 시詩와 노래를 엮은 《시경詩經》에는 사람들의 눈과 마음을 사로잡았던 매력적인 남녀가 등장한다. 옛사람의 노래를 통해 고대인이 칭송했던 아름다운 사람에 대해 보다 깊이 다가갈 수 있다.

여성의 아름다움

고대에도 여성의 아름다움은 시각적인 요소가 두드러진다. 얼굴의 이목구비와 외모를 칭송한 노래, 《시경》〈위풍衛風〉'석인碩人'

에서 그 사실을 발견할 수 있다. 신체를 감싼 의복 속에서 단연 눈에 띄는 것은 얼굴과 손이다. 섬섬옥수纖纖玉手, 즉 부드러운 비단과 밝고 고운 옥에 빗댄 흰 손은 여성의 아름다움을 집약적으로 보여준다.

두 손은 어린 띠풀 같고, 피부는 엉긴 기름처럼 희고 매끄럽다.
목은 길고 흰 나무벌레 같고, 이는 정결한 박씨 같다.
매미처럼 반듯한 이마에 눈썹은 누에 같다.
보조개가 있는 예쁘게 웃는 입, 또렷하고 맑은 눈동자.

여성에 대한 묘사는 주로 외모, '눈으로 관찰되는 신체'에 집중되어 있다. 고대인의 의복이 현대인에 비해 노출이 덜하고, 신체를 드러내는 것에 그다지 관대하지 않았다는 점을 생각하면 이해가 되기도 하지만, 남성에 대한 묘사나 찬미와 비교해보면, 여성의 아름다움을 느끼는 통로나 과정은 조금 다르다. 외적인 아름다움에 대한 찬미를 통해 옛사람들이 여성적인 외모에 매력을 느꼈다는 것을 알 수 있다.

눈동자는 맑고 아름다우며, 흰 치아에 누에나방 같은 눈썹을 가졌다.
머리카락은 검고 탐스럽게 윤기가 흐르며, 목은 흰 나무벌레처럼 가늘다.

(…)

쓰러질 듯한 가녀린 발걸음을 내딛고, 앉고 일어서는 모습이 조심스럽다.

화사하고 시원하게 잘 웃는데, 웃을 때마다 붉은 입술이 돋보인다.

아름답고 어여쁜 자태, 멀리서 보아도 빼어나게 아름답다.

위 글은 한漢나라의 채옹蔡邕이 쓴 〈청의부靑衣賦〉인데, 여성에게서 아름다움을 느끼게 하는 미적 요소를 지금과 비교해보면 다소 차이가 있다. '흰 나무벌레처럼 가느다란 목', '누에나방 같은 눈썹' 등의 묘사는 생소하지만, 선명하게 맑고 깨끗한 눈과 입, 흰 치아에 붉은 입술, 웃을 때 생기는 작은 보조개에서 사랑스러움을 느낀 것은 전형적인 심미관이라 할 수 있다. 한편 얼굴만 가꿀 게 아니라 마음의 수양이 우선이라고 강조하는 옛사람들의 염려와 훈계도 종종 보인다.

마음은 얼굴과 같으므로 정성을 다해 가꾸어야 한다. 세상 사람들은 얼굴을 가꾸는 것만 알고 마음을 수양하는 것은 모른다. (…) 얼굴이 추하면 그래도 괜찮지만 마음이 악하면 사람이라고 할 수 있겠는가. 그러므로 거울을 보고 얼굴을 씻을 때에는 마음이 깨끗해야 함을 염

두에 두고, 연지를 바를 때는 마음을 가다듬어야 함을 염두에 두고,
분을 바를 때에는 마음을 분명히 해야 함을 염두에 두어야 한다.

-《여훈》[11]

여인의 용모(婦容)는 꼭 얼굴이 아름다워야(美麗) 하는 것은 아니다.
(…) 대야에 [물을 받아] 때와 먼지를 말끔히 씻어내고, 깨끗하고 정결
한 옷을 입으며, 때에 맞추어 목욕을 하여 몸을 더럽지 않게 하는 것
을 여성의 용모(婦容)라고 한다.

-《여계》[12]

　채옹蔡邕이 지었다고 전해지는《여훈女訓》에는 여성이 얼굴만 가
꿀 게 아니라, 마음을 수양하는 것 또한 중요하다는 이야기가 실
려 있다. 또한 반소班昭는《여계女誡》에서 여자의 용모는 아름다울
필요가 없다고 말하면서, 이어 여성을 가장 아름답게 만드는 것은
바로 알맞은 마음과 행실이라고 힘주어 강조한다. 지금의 우리도
얼굴보다는 마음과 행실의 아름다움이 더 중요하다는 것을 끊임
없이 되새기게 하는 것처럼 말이다.
　하지만 이들의 고상하고 정결한 언어를 한 겹 들추어보면, 오히
려 사람들이 여성의 외모를 얼마나 중요하게 생각했는지를 깨닫
게 된다. 아름다운 외모에 빠지는 것은 인위적 학습에 의한 것이

아니라, 자연스러운 본능이 일깨우는 것이다. 아름다움의 위험을 감지했던 남성은 여성에게 덜 꾸밀 것을 요청하는 한편, 남성에게는 아름다운 외모에 빠져들지 말 것을 부단히 훈계하고 교육했다. 아름다움은 사람의 마음을 빼앗을 뿐만 아니라, 영혼까지도 빼앗아버릴 수 있는 위험한 것임을 알고 경계했던 옛사람의 두려움이 묻어난다.

아름다운 여성의 외모가 아름다움을 느끼게 하는 유일한 통로는 결코 아니다. 때로 지혜와 용기 등의 미덕으로 칭송을 받았던 여인도 적지 않다. 여성의 외모뿐만 아니라 성품과 마음 씀씀이는 여성을 더욱 아름답게 만들었다. 흔히 얼굴만 예쁘다고 예쁜 게 아니고, 마음이 예뻐야 정말 예쁜 거라고 말하는 것처럼 마음과 행위에 대한 칭송도 빠지지 않는다.

중씨仲氏는 미더운 사람이다.
그의 마음은 진실하고 [물처럼] 깊다.
온화하고 유순하며,
그 몸을 삼가 정결하게 하였다.

《시경》〈패풍邶風〉 '연연燕燕'에 나오는 위의 시는 고대인의 노래인 만큼 여성에 대한 고전적이고 전통적인 가치를 드러내고 있다.

믿고 맡길 수 있는 성실함(任), 깊은 마음 씀씀이(其心塞淵), 온화함(溫)과 유순함(惠) 같은 조용하고 선한 여성을 이상적으로 그렸다. 남녀의 역할이 분명했던 시기에 순종적인 모습을 강조하는 조용한 말솜씨와 유순한 눈빛 그리고 얌전한 걸음걸이는 오랜 시간 동안 칭송의 대상이었다.

그뿐만 아니라 어려움 속에서도 절개를 지키는 여인과 혹독한 도덕률과 삶의 격률을 실천하는 여인에게도 아름답고 귀하다는 칭송이 뒤따랐다. 남편과 아들을 위해, 가문을 위해 열녀烈女라는 이름을 얻고 죽어간 여인은 1000년이 지나도 사라지지 않을 기록으로 남았다. 그녀들이 쟁취한 아름다움은 미모 혹은 내면의 선량함에서 얻어진 것이 아니라, 남성의 붓끝에서 완성된 것이다.

오랜 시간 동안 발전해온 남성 중심의 역사는, 남성의 손에만 쥐어진 붓은 남성에게 순종적인 여인에게 아름다움이라는 칭송의 은총을 내려주었다. 심지어 여성 스스로 미모를 악의 근원으로 생각하도록 말이다. 그러나 이것이야말로 미모에 감추어진 힘을 설명하는 강력한 반증이 된다.

남성의 아름다움

남성만 여성의 아름다움에 빠져드는 것일까? 이 질문에 대한 답은 간단하다. 결코 아니다! 아름다움에 빠져드는 것은 남성과 여성이 다르지 않고, 아름다움을 느끼게 하는 대상 역시 고착화되거나 시각적인 것에 머무르지 않는다. '아름다움'과 관련되어 있지만, 글자만으로 의미를 추측하기 어려운 글자들이 《이아》의 〈석훈釋訓〉과 〈석고釋詁〉에 퍼즐 조각처럼 흩어져 있다.

위위委委, 타타佗佗는 미美다.

-《이아》〈석훈〉

후대의 《이아》 주석가들은 옛 글 속에서 '위위'와 '타타'를 찾아내어 이렇게 설명했다.

모두 인자한 얼굴빛이 아름다운 것이다.

- 이순李巡

'위위'는 걸어가는 모습의 아름다움이고, '타타'는 큰 모습의 아름다움이다.

- 손염孫炎

위위타타

-《시경》〈용풍鄘風〉 '군자해로君子偕老'

남성이 허리를 뒤로 젖히거나 몸을 돌려
역동적으로 활 쏘는 모습이 생동감 있게 표현된 화상석 그림.
왼쪽부터 허난 성 뤄양洛陽·쓰촨 성 펑셴彭縣·쓰촨 성 다이大邑

'위위'는 걸어갈 때 성실하여 자취를 따라갈 수 있는 것이며, '타타'
는 덕이 평온한 것이다.

- 〈모전毛傳〉

모두 곱고 아름다운 모습이다. '위위'와 '타타'는 얼굴빛이 인자
하고 아름답거나 덕이 평온한 모습 그리고 멋지게 걸어가는 모습
이나 키가 큰 모습의 아름다움을 표현한 것이라고 설명한다. 성품
이나 분위기, 기질 등으로 설명할 수 있는 이 언어는 내면에서 성
숙한 어떤 것이 아름다움의 결을 이루어 겉으로 드러난 것임을 보
여준다.

외모가 예쁜 여성만 시선을 끄는 것은 아니다. 외모가 출중한
남성도 사람들의 시선을 사로잡았다. 활을 겨누기 위한 몸동작과
집중하는 눈동자, 손끝에서 떠난 활이 정확하게 과녁을 뚫는 장
면, 절도 있게 춤을 추는 남성의 몸은 사람들의 시선을 충분히 사
로잡았다.

아, 멋져라! 훤칠하게 큰 키에
활시위를 올렸다 내리는 모습, 아름다운 눈동자도 빛나네(美目).
날렵한 걸음걸이로, 활쏘기도 잘하시네.
(…)

아, 아름다워라. 맑은 눈동자와 아름다운 눈썹.

우아한 춤동작에, 정확하게 쏘는 활솜씨

네 개의 화살이 모두 한 곳을 맞히니, 난亂도 막을 수 있겠네.

《시경》〈제풍齊風〉'의차猗嗟'에 나오는 글로, 과녁을 향해 집중하여 화살을 쏘아 백발백중으로 맞히는 남성에게 매료된 한 여성의 고백이다. 여성의 시선은 집중하여 활을 쏘는 이 남성을 좇고 있다. 훤칠한 키에, 날렵한 걸음걸이, 절도 있고 우아한 춤동작, 목표물을 향해 주시하는 눈동자가 그녀의 마음속에 깊이 각인됐다. 남성과 여성에게 요구되는 심미적 기준은 달랐지만 '명모호치明眸皓齒', 즉 아름다운 눈동자와 가지런한 흰 치아는 여성뿐만 아니라 남성에게도 동일하게 적용된다. 부드러운 피부와 둥근 눈썹은 여성과 어우러졌을 때 더욱 아름답지만, '맑은 눈동자'만큼은 남성과 여성에게 모두 적용되는 미적 통로다.

성대하다. 성대하다. 만무萬舞를 추려는 남자.

해가 하늘에 걸린 한낮, 앞자리에 서 있네요.

건장하고 커다란 키, 궁중 뜰에서 춤을 추는데,

호랑이 같은 힘으로, 고삐를 실 끈 다루듯 하네요.

위부터 쓰촨 성 펑셴, 허난 성 위셴

왼손에 피리 잡고, 오른손에는 꿩 깃을 든 모습,

얼굴에는 붉은 광채마저 도는데, 임금님 그에게 술을 내리라 하네요.

산에는 개암나무, 습지에는 도꼬마리.

누구를 생각하나요? 서방의 아름다운 사람(美人)이지요.

그 아름다운 사람(美人)은 서방에서 온 사람이랍니다.

《시경》〈패풍邶風〉 '간혜簡兮'에 나오는 위 시는 만무를 추는 남성을 보고 마음을 빼앗긴 한 여성의 노래다. 앞서 소개한 《시경》〈석인〉에서 여성을 묘사한 것과 비교해보면 그 차이를 확인할 수 있다. 여성은 남성의 전체적인 분위기, 그가 춤추는 건장하고 절제된 춤동작에서 아름다움을 느끼지만, 신체에 대한 섬세한 묘사는 보이지 않는다.

후대의 주석가들은 만무란 궁정에서 행하던 일종의 무무武舞로, 궁정에서 제사나 건축의 낙성식 등 중요한 의례가 있을 때 추던 춤이라고 설명했다. 궁정에서 춤추는 이 남성을 보았던 여성 화자의 설레는 마음을 담은 이 시에는 키가 크고 건장한 체구의 남성, 강한 힘으로 고삐를 마치 실을 다루듯 하는 모습에 마음을 빼앗겼던 것 같다. 그녀는 그를 '아름다운 사람(美人)'이라고 칭송하기를 주저하지 않는다.

미남에게 반한 여성이 앞에서 본 시 속의 여인처럼 감탄만 한 것은 아니었다. 여인 역시 자기도 모르는 사이 멋진 남성을 보기 위해 가까이 다가가기도 했고, 때로 과일을 던져 호감을 표현하기도 했다. 심지어 할머니까지 반하게 했다는 반악潘岳의 수려한 외모는 유명하다.

반악은 용모가 빼어났으며 표정과 태도가 매력적이었다. 젊었을 때 탄궁彈弓을 끼고 낙양洛陽 거리로 나가면 그를 만난 여인들이 모두 손을 맞잡고 함께 그를 에워싸곤 했다.

－《세설신어世說新語》〈용지容止〉[13]

안인安仁(반악)은 너무 미남이어서 외출할 때마다 할머니들까지 과일을 그에게 던져 수레에 가득 찼다.

－《어림語林》[14]

출중한 외모 덕분에 여인들의 찬사와 시선을 독차지했던 반악에게 질투를 느꼈던 좌사左思와 장재張載는 반악을 흉내 냈지만 참담한 결과로 이어졌다. 서시西施를 흉내 냈던 동시東施가 사람들의 비웃음을 샀던 것처럼, 반악을 흉내 냈던 못생긴 좌사와 장재의 시도는 실패였다. 낙양의 종이 값을 열 배나 올렸다는 대단한 좌사였지만, 여인들은 그에게 침을 뱉고 아이들은 장재의 수레에 기와 조각을 던졌다고 전해진다.[15] 이 기록이 사실이라면 가혹하게 느껴지기도 한다. 그들의 외모는 타고난 것이니 전적으로 그들의 잘못이 아니기 때문이다. 좌사의 일화는 용모가 부족한 사람에 대한 비난이 아니라, 옛사람 역시 아름다운 용모를 가진 사람에게 열렬히 반응했다는 이야기로 읽어도 좋을 것이다.

혈색이 도는 붉은 얼굴, 잘 다져진 근육으로 무기를 다루는 모습, 건장한 몸으로 절도 있게 춤을 추며 남성미를 보여준 남성이 칭송을 받았다면, 반대로 가장 여성화된 모습으로 사랑을 받았던 남성도 있다. 사마천司馬遷의 《사기史記》와 반고班固의 《한서漢書》에는 아름다움으로 다른 사람의 마음을 사로잡았던 이들의 이야기가 실려 있는데, 그 가운데 어여쁜 외모로 황제들의 마음을 빼앗았던 '예쁜 남성'에 대한 기록도 빠지지 않는다.

사마천은 화장한 예쁜 외모로 황제의 사랑을 받은 두 사람과 그들을 따라 한 많은 남성을 '적과 굉의 무리'라며 불쾌감을 표시했다. 그들은 학식이나 뛰어난 무술로 위용을 자랑한 것이 아니라, 여자처럼 멋진 깃털과 자개 장식으로 스스로를 꾸몄고, 연지와 분을 발라 황제의 마음을 기쁘게 했다. 그들은 여성보다 더 뛰어난 아름다움으로 황제의 마음을 사로잡았던 것이다. 사마천은 이런 무리를 〈영행열전佞幸列傳〉에 묶어 기술했다. 그는 "열심히 농사짓는 것이 풍년을 만나는 것만 못하다"라고 말하면서, 이들을 '살랑거리며 황제의 비위를 맞추어 사랑을 받았던 굽은 무리'라고 폄하했다.

옛날에 아름다운 외모(色)로 군주의 사랑을 받은 자가 많았다. 한漢나라에 이르러, 고조高祖는 모질고 사나운 면이 있었지만, 적籍이라는 소년은 부드럽게 살랑거려(佞) 사랑을 받았다. 효혜제孝惠帝 때는 굉閎이라는 소년이 있었다. 이 두 사람은 다른 재능이 있는 것이 아니라, 아름답고 유순하며 아첨하는 것으로 귀하게 되고 사랑을 받아, 황제와 함께 자고 일어났다. 공경公卿들은 모두 이 사람들을 통해 그들의 말을 올렸다.

그래서 효혜제 때 낭시중들은 모두 [깃털이 아름다운 새인] 준의鵔鸃로 장식한 관을 쓰고, 조개로 장식한 허리띠를 차고, 연지와 분을 발라 굉과 적처럼 되고 싶어 했다.

또한 한漢나라의 동현董賢이라는 남성은 태자궁의 사인舍人이었는데, 외모가 특별히 아름다웠다고 전해진다. 《한서》〈영행전〉에서는 '미려美麗'라는 화사한 단어를 섞어 그의 아름다움을 묘사했다. 그는 애제哀帝의 눈과 마음을 사로잡았고, 황제의 최측근인 황문랑黃門郎이 되어 애제와 한시도 떨어지지 않는 사이가 되었다.

애제의 팔을 베고 잠들었던 동현을 깨우지 않으려고 소매를 과감하게 잘라낸 애제의 사랑은 '단수지벽斷袖之癖'이라는 글자로 남아 있다. 동현은 여인들처럼 황후가 되지는 못했지만, 아름다운 외모 하나만으로 제후의 자리에 올랐고, 그의 집안도 활짝 피어났다. 남성이 아름다운 여성에게 빠져들었던 것처럼, 아름다운 남성에게 빠져들기도 했다. 그들은 다만 아름다운 사람에게 빠져들었던 것이다.

동현의 자는 성경聖卿으로, 운양雲陽 사람이다. 아버지인 동공董恭은 어사였는데, 현을 태자궁의 사인이 되게 했다. 애제가 [태자로] 세워졌을 때, 현은 태자궁에 따라와 낭郎이 되었다. 두 해 남짓 되어 동현이 전殿 아래서 아뢸 일이 있었다. 동현은 매우 아름다워서(美麗) 스스로 반할 정도였는데, 애제가 멀리서 동현의 아름다운 모습을 보고 기뻐했다. 애제는 그를 알아보고 물었다.

"그대는 사인 동현이 아닌가?"

애제는 그를 불러 그와 함께 이야기를 하였고, 곧 동현을 황문랑으로 삼았다. 동현은 이때부터 사랑을 받았다. (…)

[그들은] 항상 함께 자고 일어났다. 하루는 낮잠을 자고 있는데 [동현이 애제의] 팔을 베고 잠들어 있었다. 애제가 일어나려고 할 때 현은 아직 잠에서 깨지 않은 상태였다. 애제는 현을 깨우지 않으려고, 소

매를 칼로 베어내고 일어났다. 그를 사랑함(恩愛)이 이와 같았다. (…) 동현은 고안후高安侯에 봉해졌다.

사마천의 냉정한 평가를 잠시 미루어두면, 앞에서 소개한 《시경》과 《사기》의 노래와 이야기는 일종의 공통점을 갖고 있다. 그것이 남성이든 여성이든 이들은 모두 상대방의 아름다움에 빠져들었다는 것이다. 한 사람이 다른 사람의 아름다움에 빠져들었던 이야기인 셈이다.

남성이 여성을, 여성이 남성을, 남성이 남성을 찬미하는 이런 이야기는 무엇이 이성 혹은 동성에게 아름다움을 느끼게 하고 매혹되게 하는지를 잘 보여준다.

이들의 노래를 따라 흥얼거리다 보면 고대의 아름다움이란 타고난 외모에서 비롯된 아름다움과 교육이나 수양을 통해 배양된 자질의 아름다움을 모두 포함하는 것이라는 소박한 사실과 만나게 된다.

삶의 모든 곳에 숨어든 아름다움

아름다운 갈기를 가진 말이나 반짝이는 보석, 한눈에 알 수 있는 미남 미녀에 대한 이야기는 쉽게 이해할 수 있는 아름다움이다. '아름다움은 권력'이라는 말에 적잖이 수긍하는 오늘날, 보이는 아름다움에 마음을 빼앗겼던 사람들의 이야기는 낯설지 않다.

하지만 '진정한'이라는 수식어가 붙게 되면, 아름다움은 시각적이고 표피적인 미적 판단을 벗어나기도 한다. 즉 사람들의 이목을 사로잡기도 하지만, 마음을 사로잡는 무엇인 것이다. 그러한 아름다움은 《이아》〈석고〉에서 찾아볼 수 있다.

왕왕旺旺 · 황황皇皇 · 막막藐藐 · 목목穆穆 · 휴休 · 가嘉 · 진珍 · 위偉 · 의懿 · 삭鑠은 미美다.

《이아주소》에서는 이 단어들을 이렇게 부연하여 설명했다.

황황皇皇 : 모두 아름답고 성대함을 말한다.
제사의 아름다움이 제제황황齊齊皇皇하다.

-《예기》〈소의少儀〉

왕왕旺旺 :《예기》에서 '황황'이라 한 것은《이아》의 왕왕旺旺이다.

황황皇皇 · 목목穆穆 : 언어의 아름다움이 목목황황하다.

- 《예기》〈소의〉

천자는 목목穆穆하고 제후는 황황皇皇하다.

- 《예기》〈곡례曲禮〉

[이는] 행동거지를 표현하는 것이다.

- 정현鄭玄

[이렇게 본다면] 황황·목목은 모두 '말과 행동의 아름다움과 성대함'이라고 할 수 있다. 말과 행동을 통해서도, 성대하고 경건하게 잘 치러지는 제사를 통해서도 사람들은 아름다움을 느낀다. 그것은 단지 눈에 보이는 것보다 훨씬 근원적인 아름다움을 설명한다. 내부의 깊은 곳에서 퍼 올린 진정성의 한 표현이기도 한 것이다.

막막藐藐: 이미 이루어진 것이 막막하다(既成藐藐).

- 〈대아大雅〉 '숭고崧高'

막막은 아름다운 모습이다.

- 〈모전〉

위휘 : 위는 탄미歎美(감탄하여 아름답게 여김)다.

의懿 : 나는 아름다운 덕을 구한다(我求懿德).

- 〈주송周頌〉 '시매時邁'

밝게 빛나는 주周나라가

지위에 있는 자(제후)들을 줄 세우고,

방패와 창을 거두고

화살을 활집에 넣는다.

나는 아름다운 덕(懿德)을 구하여

나라에 베푸니

진실로 왕께서 [천명을] 보전하신다.

-《시경》〈주송〉 '시매'

이들은 모두 찬미讚美의 일상적인 용어를 말한 것이다.

'시매'에서 '아름답다(懿)'고 칭송되는 것은 창과 방패를 거두고 화살을 활집에 넣는 결단과 행위다. 전쟁을 통해 용맹을 보여주는 것이 아니라, 오히려 무기를 거두어 평화를 가져오는 모습을 아름답다고 말한다. 이것은 "여러 신을 감동시키고, 깊은 물과 높은 산까지 미치는"(《시경》 '시매') 것이다. 사람과 신, 산과 물까지 움직이게 하는 정성과 마음 씀씀이를 보여준다.

아래의 《시경》 〈주송〉 '작'은 무왕武王을 칭송한 노래로, 처음에
는 군사를 쓰지 않고 감추어두었다가 때가 이르러서야 단 한 번의
행동으로 천하를 안정시켰다는 내용을 담고 있다. 단 한 번 군사
를 움직였다는 것에는 위엄이, 무력으로 모든 문제를 해결하지 않
으려는 신중함 속에는 사람들을 위한 섬세한 배려가 숨겨져 있다.

아, 성대하고 아름다운 왕의 군사여!
[힘이] 길러진 뒤에도 감추어두었다가,
밝아진 때에 이르러
큰 갑옷을 쓰셨다.
내가 은혜롭게 이것을 받았으니,
용맹한 왕께서 하신 것이다.
이제 곧 후사들은
진실로 너의 일을 본받아 따를 것이다.

말과 행동거지의 아름다움, 천자와 제후에게서 발견되는 차별
적 아름다움, 공적의 아름다움, 군사의 아름다움, 제사의 아름다
움 등의 섬세한 구별은 눈에 보이는 것에 대한 찬미인 동시에, 전
체적으로 와 닿는 느낌이나 분위기의 중요성도 설명하는 듯 보인
다. 이러한 아름다움은 시각적인 효과와는 거리가 멀다. 오히려

흔히 말하는 '내면의 아름다움'이 겉으로 드러난 것이라고 말할 수 있을 법하다.

인간이 아름다움을 느끼는 통로는 실로 다양하다. 사람과 동물, 식물과 광물, 자연현상과 인간이 만들어낸 모든 제도와 문화, 이야기에도 아름다움이 숨어 있다. 고대의 글자와 기록에는 도대체 '미'란 무엇인가를 물으며, 세상 곳곳에서 그 해답을 찾으려 했던 고대인의 고민이 남아 있다. 그 고민과 궁금증이 오늘날에도 계속되는 걸 보면, 아름다움이란 우리가 생각하는 것 이상으로 본질적인 것, 여전히 우리를 끌어당기는 매혹적인 것인지도 모른다.

눈에 보이는 것과 보이지 않는 것

《이아》의 기록에서 확인할 수 있는 것은, 아름다움은 기본적으로 외적이고 시각적인 요소를 포함한다는 점이다. 이를테면 사람의 경우 희고 부드러운 손, 초승달처럼 고운 눈썹, 매끄럽고 윤기 나는 머리, 큰 키와 걸음걸이 등이 그것이다. 시각적인 아름다움은 사람뿐만 아니라 주변의 모든 것에서 발견할 수 있다. 갈기에 윤기가 흐르는 말(美貌驙, 외모를 표현하는 '모貌' 자를 그대로 사용했다), 대들보로 사용되는 우아하고 무성한 나무, 반짝거리며 빛나는 아름다운 옥, 웅장하면서 고운 무지개도 일차적으로는 시각적인 기준에 따라 '아름답다'고 이해된다.

아름다움에는 걸음걸이나 말솜씨, 언어, 몸가짐 같은 개인의 특성이나 눈에 보이진 않지만 느낌으로 알 수 있는 것도 포함되고, 덕德이나 인자함과 같은 추상적인 개념도 뒤섞여 있다. 그렇다면 고대인이 아름다움을 인식하는 과정도 지금의 우리와 별반 다르지 않았다고 생각할 수 있다. '미'를 설명할 수 있는 외적인 조건도 있었지만, 자질이나 분위기, 느낌 등으로 설명되는 주관적이고 추상적인 부분도 적지 않았다는 것이다. 사람에게 편안하고 즐거운 느낌이나 감상을 갖게 하는 것이 아름다움의 기준이 되곤 했다.

이야기를 이렇게 풀어가 보면 다시 평범한 결론에 이르게 된다. 시각적으로 느껴지는 아름다움이 중요하지만, 시각적인 것을 뛰어넘게 하는 미적 속성이나 자질도 무시할 수 없다는 것이다. 아름다움에 대한 생각과 변화는 이야기에 오롯이 담겨 있다.

오랜 시간을 지나오며 살아남은 수많은 이야기 속에서 우리는 지독히 아름다운 수로부인과 복비를, 넉넉한 인심의 삼신할미와 마조를, 서왕모와 설문대할망을 만날 수 있다. 이야기 속에서 살아온 그녀들은 이야기를 읽는 우리에게 끊임없이 말을 건다. 아름다움을 위해 기꺼이 고통을 감수하는 이 시대, 이야기 속의 그녀들은 우리에게 들려줄 어떤 이야기를 준비하고 있을 것이다.

그녀들이 가진
가장 강력한 무기는
바로 아름다운
외모였다

첫눈에
　　반한다는
것

2

'미美'라는 글자를 통해 확인할 수 있었던 것은 시각적인 요소와 자질의 중요성, 그 모두를 간과할 수 없다는 것이지만, 많은 글과 그림은 한 대상이 가진 능력이나 자질·도덕 등에 앞서 시각적 아름다움이 무엇보다 우선한다는 것을 말해주기도 한다. '첫눈에 반하다', '첫눈에 들다'와 같은 표현도 외모의 무시할 수 없는 힘을 말해준다. 사실 '첫눈에 반하게' 만드는 매력은 한 사람의 도덕이나 내면, 성품과 거의 무관해 보이기도 한다. 수로부인이나 처용의 처, 도화랑 그리고 낙수洛水의 여신인 복비는 외형의 아름다움이 얼마나 치명적인지를 잘 보여준다.

그녀들은 남편이 있는 여인이거나 다른 세계의 존재였지만, 그러한 세속적 조건이 그녀들에게로 향하는 접근을 막지는 못했다. 신들은 수로부인을 곁에 두기 위해 약탈을 감행했고, 역신疫神은 제 신분을 잊고 둔갑술을 부렸으며, 낙수의 여신에게 반한 조식은 스스로 인간임을 망각하고 서로 다른 두 세계를 기꺼이 뛰어넘고자 했다. 신(귀신)과 인간의 경계를 간단히 뛰어넘게 만들었던 그녀들이 가진 가장 강력한 무기는 바로 아름다운 외모였다.

신을 홀린
여인들

〈헌화가〉의 주인공, 수로부인

위험한 아름다움

신라시대에 사람과 신의 마음을 설레게 한 한 여인이 있었다. '수로水路'라는 이름을 가진 그녀의 이야기는《삼국유사》〈기이紀異〉에 실려 있다.'

성덕왕 대에 순정공純貞公이 강릉 태수로 부임해 가다가 바닷가에서 점심을 먹었다. 옆에는 바위가 마치 병풍처럼 둘러쳐져 있었는데, 천 길이나 되는 높이에 철쭉이 활짝 피어 있었다. 순정공의 부인수로가 그것을 보고 주위 사람들에게 말했다.

"누가 내게 저 꽃을 꺾어 바치겠소?"

따르던 사람이 말했다.

"사람이 오를 수 없는 곳입니다."

임지로 떠나는 남편과 아내 그리고 그 뒤를 따르는 많은 사람들. 때가 되어 바닷가에 펼쳐놓은 점심은 낭만적이었을 것이다. 그 점심을 더 낭만적이게 했던 것은 병풍처럼 둘러쳐진 해안 절벽과 그 위에 위태롭게 피어 있는 철쭉이었다. 아마도 수로부인은 자신의 미모를 알았을 것이다. 순정공의 아내라는 지위도 있었겠지만, 아무튼 그녀는 당당하게 그 꽃을 요구했다. "누가 내게 저 꽃을 꺾어 바치겠소?"라는 질문에는 일종의 오만함이 서려 있다. 그녀는 위험천만한 요구를 마치 기회를 주는 것처럼 당당하고 기품 있게 요청했다. 위험을 무릅쓰고 수행한다면 보상도 있을 것이다. 아름다운 여인에게 머리를 조아리며 꽃을 바치는 낭만적인 장면은 생각만으로도 황홀했지만, 까마득한 해안 절벽을 바라본 사람들은 감히 엄두를 내지 못했다. 그들은 서로 눈짓만 하다가, 결국 스스로에 대한 위안이 섞인 변명 같은 대답을 할 수밖에 없었다. "사람이 오를 수 없는 곳입니다."

그것이 목숨을 걸어야 할 만큼 위험하다는 것을 수로부인도 알았을 것이다. 하지만 그럴수록 그녀의 마음은 더 간절해졌다. 이러지도 저러지도 못하고 있는데, 암소를 끌고 지나가던 노인이 그 꽃을 꺾어 그녀에게 바쳤다. 노인이 바친 것은 꽃만이 아니었다.

노인은 꽃을 바치면서 욕망이 무심히 드러난 〈헌화가〉를 그녀에게
바쳤다.

　자줏빛 바위 가에
　암소 잡은 손 놓게 하시고,
　나를 아니 부끄러워하시면
　꽃을 꺾어 바치겠나이다.

　남편의 부임길에 잠시 들른 바닷가에서의 에피소드는 많은 사
람의 상상력을 자극했다. 절벽의 꽃을 요구한 당당한 여인, 그 위
험한 요구에 목숨을 걸 수도 있었을 사람들, 하지만 용기가 부족
해 망설이는 그들 사이로 암소를 끌고 지나가던 노인. 아무렇지도
않게 꽃을 꺾어 수로부인 앞에 노래를 부르며 꽃을 바치는 노인이
만들어낸 장면 사이로 스스로의 미모를 자신했던 수로부인과 그
아름다움 앞에서 자신의 늙음조차 잊었던 한 사내가 겹쳐진다.
　젊지만 용기가 부족했던 사람들은 스스로에 대한 위안이 필요
했을 것이다. 그래서 사람들은 그 노인이 보통 사람이 아니었노라
고, 촌로村老나 촌장村長, 관음觀音의 화신이거나 초인超人이었을 것
이라고 부연했다. 만약 그 노인이 신神이었다면 사람들은 자신들
의 용기 없음을 더 이상 탓하지 않아도 되었을 테니 말이다. 이어

지는 "그 노인이 누구인지는 아무도 몰랐다"라는 서술은 그 자리에서 화끈거리는 얼굴을 애써 참아야 했던 사람들에게 적지 않은 위안이 되었을 것이다.

신조차 거부하지 못한 아름다움

순정공의 부임 행렬은 계속 이어졌다. 수로부인의 미모 덕분에 발생한 한바탕의 에피소드는 이것으로 끝나지 않았다. 바닷가 임해정臨海亭에서 다시 펼쳐진 점심식사는 한 마리 용 때문에 엉망이 돼버렸다. 갑자기 바다에서 용이 솟아올라 부인을 낚아채 사라져버린 것이다. 눈앞에서 벌어진 이 황당한 일 앞에서 남편인 순정공도 발을 동동 구르는 수밖에 없었다. 이때 한 노인이 다시 눈앞에 나타나 수로부인을 찾아올 수 있는 방법을 제시했다.

옛사람들이 말하기를 "여러 사람의 말은 무쇠도 녹인다"라고 했습니다. 바다 속 짐승인들 어찌 사람들의 입을 두려워하지 않겠습니까? 경내의 백성을 모아 노래를 지어 부르면서 지팡이로 강 언덕을 두드리면 부인을 다시 볼 수 있을 것입니다. 공이 이 말을 따르자, 용이 부인을 모시고 바다에서 나와 [그에게] 내놓았다.

－《삼국유사》〈기이〉

노인이 제시한 방법은 바다 속 짐승이 들을 수 있도록 노래를 하는 것인데, 노래의 내용은 부탁이 아니라 위협에 가까웠다. 이후에 사람들이 부른 〈해가海歌〉의 가사는 노인이 가르쳐준 노래와 크게 다르지 않을 것이다. 사람들은 바다 속 신물神物에게 부탁이 아닌, 훈계를 했다. 남의 아내를 빼앗은 커다란 죄를 물으면서 죽음의 형벌로 위협했다.

거북아, 거북아, 수로부인을 내어라.

남의 아내를 빼앗은 죄 얼마나 크냐.

네 만약 어기어 내놓지 않으면

그물로 잡아 구워먹으리.

인간 세상의 도덕이 신물을 어떻게 구속했는지 알 수 없지만, 신물은 수로부인을 사람들에게 되돌려주었다. 하지만 그때뿐, 수로부인은 번번이 약탈의 처지를 면하지 못했다.

수로부인은 절세미인이어서 깊은 산이나 큰 못가를 지날 때마다 신물에게 빼앗겼다.

－《삼국유사》〈기이〉

수로부인이 약탈된 후 사람들이 위협 섞인 노래를 부르자 용이 부인을 데려다주었다. 흥미로운 것은 순정공과 수로부인의 대화다. 아름다운 아내가 약탈된 후 어떤 일을 당했는지 궁금했던 순정공은 참지 못하고 그녀에게 물었다. 부인의 대답은 의외로 담담하고 담백했다.

공이 부인에게 바다 속 일을 물었다. 부인은 이렇게 말했다.
"일곱 가지 보물로 꾸민 궁정에 음식은 맛이 달고 매끄러우며 향기롭고 깨끗하여 인간 세상의 음식이 아니었습니다."
부인의 옷에도 색다른 향기가 스며들어 있었는데, 이 세상에서는 맡을 수 없는 향이었다.

－《삼국유사》〈기이〉

'약탈'은 오히려 그녀의 아름다움과 매력을 배가해주었다. 용에게 납치되었다가 돌아온 그녀의 대답에서 공포나 수치는 느낄 수 없었다. 신은 그녀의 아름다움에 반해 스스로 두 세계의 경계를 허물었다. 그녀의 아름다움은 극진한 대접으로 이어졌고, 그녀는 그것이 당연한 일인 듯 음식이 달고 매끄러우며 향긋하다는 설명까지 덧붙이며 말한다. 바다에서 돌아온 그녀의 몸에는 이 세상에서 맡아볼 수 없는 색다른 향기가 스며들어 있었다. 이 향기는 그녀를 더욱 매혹적인 여성으로 만들었다. 신과의 접촉이 다른 두 세계의 경계조차 허물어버린 그녀의 아름다움을 극대화했다.

이쯤 되면, 수로가 과연 어떤 모습이었는지 궁금해진다. 신의 약탈, 신의 일탈을 부추긴 그녀가 과연 어떤 여성이었는지 궁금하지만, 《삼국유사》에서는 그녀에 대해 구체적으로 묘사하지 않는다. 그녀의 미모는 오롯이 주변의 반응을 통해서만 전달된다. 바다에서 약탈되었다 풀려난 이후 신비스러운 향이 더해진 매혹의 여인이라는 소문이 널리 퍼졌을 것이다.

수로의 얼굴

수로를 보고 싶어 하고, 가까이 두고 싶어 하는 건 당시 그 사람들뿐만이 아니다. 이야기 속 그녀가 신과 인간 세상의 경계를 허물게 했다면, 지금의 사람들은 시공간의 단단한 벽을 허물고 그녀와의 만남을 기대한다. 시인 서정주는 신라시대의 미인 수로부인을 떠올리며 작품을 썼다. 이 작품에도 수로부인에 대한 구체적이고 섬세한 묘사는 없다. 《삼국유사》의 기록과 마찬가지로 주변인의 반응을 통해 그녀의 아름다움을 드러낼 뿐이다. 다람쥐 새끼처럼 낭떠러지를 뽀르르르 기어오른 노인, 자신이 신물인 것도 잊고 그녀를 엿보다가 몰래 납치한 용龍, 수로를 내놓으라고 바닷가로 몰려간 온 고을의 이름 모를 사내들이 그들이다.

그들은 마법에 걸린 것처럼 움직였다. 시인은 아마도 그것이 수로부인의 외모에서 비롯되었을 것이라고 생각했다. 그녀의 미모는 무심히 암소를 끌고 가던 노인이나 바다 속에서 잠자던 용을 '단번에' 행동하도록 만들었다. 시인은 주저하지 않고 〈수로부인의 얼굴〉이라는 제목을 선택했다.

1
암소를 끌고 가던
수염이 흰 할아버지가

그 손의 고삐를
아조 그만 놓아버리게 할 만큼,

소고삐 놓아두고
높은 낭떠러지를
다람쥐 새끼같이 뽀르르르 기어오르게 할 만큼,

기어 올라가서
진달래꽃 꺾어다가

노래 한 수 지어 불러

갖다 바치게 할 만큼,

(…)

3

왼 고을 안 사내가

모두

몽둥이를 휘두르고 나오게 할 만큼,

왼 고을 안 사내들의 몽둥이란 몽둥이가

한꺼번에 바닷가 언덕을 아푸게 치게 할 만큼,

왼 고을 안 말씀이란 말씀이

모조리 한꺼번에 몰려나오게 할 만큼,

"내놓아라

내놓아라

우리 수로

내놓아라"

여럿의 말씀은 무쇠도 녹인다고

물속 천 리를 뚫고

바다 밑바닥까지 닿아가게 할 만큼,

4

업어간 용도 독차지는 못하고
되업어다 강릉 땅에 내놓아야 할 만큼,

(…)

그래서
그 몸뚱이에서는
왼갖 용궁 향내까지가
골고루 다 풍기어 나왔었었느니라.

　시인 서정주는 또 다른 '헌화가獻花歌'를 바쳤다. 시인은 후인들
이 줄기차게 말하던 노인의 정체가 이인異人이 아니라 수로의 얼굴
에 '단번에' 반해서 자기도 모르게 쇠고삐를 놓고 낭떠러지를 '다
람쥐 새끼처럼 뽀르르르' 올라간 지극히 평범한 노인이라고 말한
다. 바닷가에서 약탈당한 수로부인을 되찾기 위해 '온 고을의 사
내'가 한꺼번에 몰려나와 바닷가 언덕을 칠 만큼 아름다운 여인이
었다고 상상한다. 한번 보면 빠져들 수밖에 없는 수로의 얼굴, 이
세상의 것이 아닌 용궁의 향내가 더해지면서 그녀의 미모는 이 세
상에서 범접할 수 없는 아름다움으로 만들어진다.
　그녀의 아름다움을 지극한 것으로 만들었던 것은 '주변의 반응'

이었다. 수로부인에 대한 기록에서 흥미로운 것은 그녀를 묘사하면서 미인에 대한 상투적인 표현이 한마디도 없다는 것이다. 훗날 시인이 '미인을 찬양하는 신라적 어법'이라는 부제를 붙인 것은, 그녀의 미모가 궁금했던 시인이 자신의 궁금증을 해소하는 그 나름의 방식이었는지도 모르겠다.

수로부인의 진정한 아름다움은 상상으로만 만날 수 있다. 상상은 오롯이 개인의 것이기에 각자의 상상 속에서 구현되는 수로부인은 각기 다른 모습일 것이다. 그러나 그녀가 어떠한 이미지로 구현되든 가장 아름다운 모습일 테고, 그 이미지를 만들어내는 개인도 그녀의 아름다움에 마음을 빼앗길 것이다. 상상에서만 만날 수 있기에 그 아름다움은 더욱 탐나고 궁금하다.

역신을 홀린 처용의 처

여인의 아름다운 얼굴, 고운 자태를 보고 반하는 것은 사람에게만 국한된 것은 아닌가 보다. 수로부인을 보고 물에서 뛰쳐나온 용이 있는가 하면, 또 다른 기록에는 처용處容의 아내에게 반한 역신疫神도 있다. 그녀는 이름도 없이 그저 '처용의 아내'라고만 표현되어 있다. 처용은 동해 용왕의 일곱 아들 가운데 하나로, 왕정을 보좌

하기 위해 이 세상에 선물처럼 보내진 반인반신의 존재였다.

제49대 헌강대왕 대에는 서울에서 동해 어귀에 이르기까지 집들이 즐비하게 늘어서 있고 담장이 서로 맞닿았는데, 초가집은 한 채도 없었다. 길에는 음악과 노랫소리가 끊이지 않았으며 바람과 비는 사철 순조로웠다. 이때 대왕이 개운포開雲浦로 놀러 갔다 돌아오려 했다. 낮에 물가에서 쉬고 있는데, 갑자기 구름과 안개가 캄캄하게 덮여 길을 잃었다. 왕이 괴이하게 여겨 주위 사람들에게 물으니 일관이 아뢰었다.

"이는 동해 용의 변괴이니, 마땅히 좋은 일을 해서 풀어야 합니다."

그래서 용을 위해 근처에 절을 짓도록 유사有司에게 명령했다. 명령을 내리자마자 구름이 걷히고 안개가 흩어졌다. 이 때문에 그곳의 이름을 개운포라고 한 것이다.

동해의 왕은 기뻐하여 일곱 아들을 거느리고 왕의 수레 앞에 나타나 덕을 찬양하며 춤을 추고 음악을 연주했다. 그중 한 아들이 왕의 수레를 따라 서울로 들어와 왕의 정사를 보필했는데, 이름을 처용이라 했다. 왕은 미녀를 주어 아내로 삼아 그의 마음을 잡아 머물도록 하면서 급간級干이라는 직책을 주었다. 그의 아내가 매우 아름다웠으므로 역신이 흠모해오다가 밤이 되면 사람으로 변해 그 집에 와 몰래 잤다.

역신은 역병疫病을 부리는 무시무시한 신이었을 텐데, 기록대로 '흠모해오다가'라는 문장에 이르면 처용의 아내를 향한 역신의 설렘, 망설임, 주저함이 여지없이 드러난다. 한 유부녀 앞에서 역신은 스스로의 본분을 잃었다. 어찌 됐거나 역신은 그가 인간보다는 한 수 위의 능력을 지닌 '신'이라는 점만은 분명히 알고 있었다. 역신의 모습으로는 도저히 가까이할 용기가 없었던 것인지, 그는 스스로 인간의 모습으로 변신하여 그녀를 탐했다.

역신이 감행한 모험은 오래가지 않았다. 역신은 주저하며 그녀의 곁을 떠나지 못했던 것일까, 아니면 남편이 오는 걸 알면서도 떠나지 않았던 것일까? 역신은 신이라는 지위를 이용해서 남편에게 '그녀'를 당당하게 요구해볼 수도 있었을 것이다. 어찌 됐거나 그는 신이니까 말이다. 하지만 이야기는 전혀 다른 방향으로 전개됐다.

처용이 밖에서 집에 돌아와 두 사람이 자고 있는 것을 보고는 노래를 지어 부르고 춤을 추다가 물러났는데, 그 노래는 다음과 같다.

동경東京 밝은 달에 밤새도록 노닐다가

들어와 자리를 보니 다리가 넷이구나

둘은 내 것이지만 둘은 누구의 것인가

본래 내 것이지만 빼앗긴 것을 어찌하리

-《삼국유사》〈기이〉

처용은 말 그대로 아내의 불륜 현장을 두 눈으로 목격했다. 밝은 달을 벗 삼아 밤새도록 놀다 돌아온 처용에게 아내는 휴식이 아니라 재앙이었다. 더 이상 다른 사람의 증언이나 증거가 필요하지 않았다. 하지만 어찌 된 일인지 처용은 노래를 지어 부르고 춤을 추다가 물러나고 만다. 처용이 불렀다는 "본래 내 것이지만 빼앗긴 것을 어찌하리"라는 가사는 분노보다는 체념에 가깝다.

처용의 처를 사이에 둔 남편과 역신의 팽팽한 긴장감 속에서 갈등의 당사자인 그녀는 막상 아무런 말도, 행동도 하지 않는다. 결국 둔갑술을 부려 처용의 아내를 몰래 탐했던 역신이 먼저 무릎을 꿇었다.

제가 공의 처를 탐내어 범했는데도 공께서 노여워하지 않으니 감탄스럽고 아름답게 생각됩니다. 오늘 이후로 공의 형상을 그린 그림만 보아도 그 문에는 절대로 들어가지 않겠다고 맹세합니다.

-《삼국유사》〈기이〉

그녀의 미모 덕을 본 것은 나라 사람들이었다. 사람들은 처용의 형상을 문에 붙여 온갖 부정한 것을 물리칠 수 있었다. 혹자는 역신이 그럴 리 없다고, 아마도 처용은 역신조차 건드릴 수 없는 높은 신분이거나 대단한 능력을 가진 사람이었을 거라고 말하기도 한다. 동해 왕의 아들이니 그럴 수도 있겠다. 하지만 이 과정의 시작에는 처용의 아내가 있었다. 그녀가 없었더라면 역신은 감히 그의 본분을 망각하지 않았을 것이다.

역병을 일으켜야 하는 역신의 춘심春心을 감히 건드린 여인, 그녀 덕분에 사람들은 역병을 비껴갈 방법을 얻었다. 이것이 단지 처용의 인덕仁德 때문이었을까? 만약 처용의 처가 아니었다면 역병은 스스로의 발목을 잡을 둔갑술을 벌이지도 않았을 것이다. 꽃처럼 아리따웠던 처용 아내의 아름다움은 사람들에게 죽음으로부터 돌아오는 길을 활짝 열어주었다.

누군가의 마음을 사로잡을 정도로 아름답다는 것은 단순히 '미인'이라는 의미를 뛰어넘는다. 처용의 고귀한 인품 이전에, 역신으로 하여금 하늘의 계율을 어기도록 한 아름다운 여인이 있었다. 이 이야기는 역신과 처용, 처용의 처 사이의 애달픈 욕망, 사랑이 만들어낸 기이한 축복이다. 역신을 움직인 것은 많은 제물도, 치성을 드린 제사도 아닌 그녀의 아름다움이었으니 말이다.

〈평양감사환영도平壤監司歡迎圖〉 가운데 처용무 장면,
국립중앙박물관 소장

아름다움, 한눈에 반하게 하는 것

《삼국유사》는 말 그대로 《삼국사기三國史記》에 실리지 못한 남겨진 이야기를 모아 만든 책이다. 정사正史에 편입될 수 없었던 이야기, 그러나 버릴 수 없었던 이야기가 《삼국유사》에 기록된 것이다. 어찌 보면 버려진 이야기를 그러모았다는 점에서 자존심이 상할 법하다. 하지만 《삼국유사》는 바로 이 지점에서 빛을 발한다. 정사처럼 보일 필요도 없고, 그렇게 봐달라고 사정할 필요도 없다. 꾸미거나 가장하지 않고, 있는 그대로 독자와 만난다. 가식 없는 이야기가 오히려 사람들을 매혹한다. 버려지고 남겨진 이야기의 향연인 셈이다.

저자인 일연은 '역사'라는 냉정한 잣대에 의해 버려지고 남겨진 이야기를 살뜰히 모았지만, 그중에서도 황당하고 괴이한 이야기를 어떻게 처리할지 고심했던 모양이다. 결국 일연은 《삼국유사》 안에 〈기이〉편을 마련해 이런 이야기를 따로 묶었다.

살아 있는 사람들에게 목숨을 걸게 하고 바다의 용에게 약탈의 욕망을 일으켰던 수로부인이나, 역신이 스스로의 신분을 망각한 채 둔갑술을 부리도록 만들었던 처용의 아내 이야기는 모두 〈기이〉에 실렸다. 여인의 미모에 마음을 빼앗긴 살아 있는 사람과 신, 죽은 영혼을 기이하다고 생각했는지, 그들을 홀릴 정도의 미모가 기이하다고 생각했는지는 알 수 없다. 어찌 됐든 여기에 실린 이야기는 모두 '역사'의 언저리를 맴돌았던 매혹의 이야기다.

바다의 신물인 용과 역신을 떠나지 못하게 했던 것은 그녀들의 아름다움이었다. 그들은 여인의 미모를 보고 '첫눈에' 반했다. 사람은 목숨을 걸었고, 신은 자신의 위엄 따위는 아랑곳하지 않고 약탈을 감행했으며, 재앙을 내려야 하는 막중한 임무를 잊고 사람으로 변신해 다른 남자의 아내를 탐하고, 귀신이 되어서도 그녀의 주위를 맴돌았다.

귀신이 스스로 귀신임을 망각하게 했던 그녀들의 아름다움은 이 세상에, 인류에게 내려진 축복이었다. 그녀들의 아름다움은 사람들을 역병에서 해방해주고, 귀신에게 용감하게 명령을 내릴 수 있는 자격을 사람들에게 주기도 했다. 여인의 아름다운 외모는 사람들을 옥죄던 질병과 두려움, 고통에서 벗어나는 길을 열어주었다. 어떤 의미에서 아름다움은 신의 선물이었던 셈이다. 신화의 속살은 아름다움이 가진 이중적인 모습을 그대로 드러낸다. 아름다움은 고통이자 치유이고, 안전하면서도 위험하며, 세속적이면서도 성스럽다.

경계를 무화하는
어여쁨

복숭아꽃처럼 어여쁜 도화랑

《삼국유사》〈기이〉에는 '얼굴이 고왔다'고 표현되는 도화랑이 나온다. 복숭아꽃처럼 예쁜 얼굴을 가졌다는 그녀의 시대를 다스리던 권력자는 진지대왕이었다. 재위하여 고작 4년을 다스린 왕, 게다가 폐위되어 역사 속에서 사라진 그에 대한 사람들의 시선은 곱지 못했다. 사후에 '참 지혜'라는 뜻의 '진지眞智'라는 시호를 받긴 했지만, 《삼국유사》〈기이〉에서는 그 때문에 나라가 어지러워지고 음란해졌다고 표현했다.

제25대 사륜왕舍輪王의 시호는 진지대왕이고, 재위하여 4년 동안 나라를 다스렸는데, 정치가 어지러워지고 음란하여 나라 사람들이 왕을 폐위했다.

그의 공과功過는 아무것도 없이 그저 음란했다는 평가가 억울할 법도 하다. 어쩌면 그 짧은 표현은 여염집 여인에게 마음을 빼앗겼던 세속적인 마음과 태도를 비난하기 위한 것이었는지도 모른다. 복사꽃처럼 어여쁜 여인이 있다는 '소문', 그 소문은 왕의 마음을 뒤흔들었다. 그녀에게는 이미 남편이 있었지만, 대왕은 아랑곳하지 않고 그녀를 궁으로 불러들였다.

사량부 민가의 여인이 얼굴이 고와 당시 도화랑이라 불렸다. 왕이 이 소문을 듣고 궁중으로 불러 관계를 맺으려 했다. 그러자 여인이 말했다.

"여자가 지켜야 할 것은 두 남편을 섬기지 않는 것입니다. 설령 천자의 위엄이 있다 해도 남편이 있는데 다른 사람에게 가게 하지는 못할 것입니다."

왕이 말했다.

"너를 죽인다면 어떻게 하겠는가?"

여인이 말했다.

"차라리 저자에서 죽어 딴마음이 없기만을 바랍니다."

왕은 여인을 희롱하여 말했다.

"남편이 없으면 되겠는가?"

"그렇습니다."

그래서 왕은 여인을 놓아 보냈다.

-《삼국유사》〈기이〉

복사꽃처럼 고결한 것은 외모만이 아니었다. 그녀는 왕에게 두 남편을 섬길 수 없다며 완강히 저항했다. 죽음의 위협 앞에서도 순정한 마음을 포기하지 않았던 그녀가 여지로 남긴 것은 '남편이 죽는다면'이라는 기약할 수 없는 미래의 약속이었다. 이 약속을 지키기도 전에 왕은 폐위되어 죽었고, 여인의 남편도 죽었다. 도화랑은 혼자가 되었지만 그를 다시 찾을 임금은 이미 죽고 없었다. 하지만 최고의 권력으로도 그녀의 마음을 얻지 못했던 왕은 귀신이 되어 그녀를 다시 찾았다.

이해에 왕이 폐위되어 죽고, 2년 뒤에 여인의 남편 역시 죽었다. 열흘 남짓 지난 어느 날 밤에 왕이 생시와 똑같은 모습으로 여인의 방에 와서 말했다.

"지난번 약속한 바와 같이 이제 네 남편이 죽었으니 되겠느냐?"

여인이 좀처럼 승낙하지 않고 부모에게 여쭙자 부모가 말했다.

"임금의 명령을 어떻게 피하겠는가?"

-《삼국유사》〈기이〉

귀신이 된 왕과의 사이에서 태어난 아이가 바로 귀신을 부릴 수 있었던 비형鼻荊이다. 비형은 귀신을 시켜 귀교鬼橋라는 다리를 놓고, 사람들에게 해악을 끼치는 귀신을 잡아 인간 세상을 편안하게 만들었다. 도화랑과 진지대왕의 영혼이 결합해 태어난 비형은 사람들을 안전하게 보호해주었고, 사람들은 이렇게 노래를 불렀다.

"성스러운 임금의 영혼이 아들을 낳았다. 비형의 집이 바로 이곳이다. 날뛰는 온갖 귀신은 이곳에 함부로 머물지 말지어다!"

사람들은 비형의 이름을 빌려 감히 귀신에게 명령을 내렸다. 비형의 이름만으로도 귀신은 주춤거리며 물러났다. 처용의 아내가 그랬던 것처럼, 임금의 영혼이 지상을 떠나지 못하고 떠돌게 만들었던 도화랑의 아름다움은 귀신 잡는 비형의 탄생을 가능하게 했고, 비형 덕분에 사람들은 귀신에게 호령하고 그들을 내쫓을 수도 있게 됐다. 비형은 두려움과 고통의 길에서 기꺼이 사람들의 길잡이가 돼주었다. 귀신을 다스리는 비형의 능력이 귀신으로 변한 왕 덕분이었다고 하지만, 커다란 공은 도화랑에게 있다. 그녀야말로 귀신이 되어 떠나려는 대왕을 붙잡은 장본인이니 말이다.

낙수의 여신, 복비

황제의 정원에서 만난 여인들

《사기》〈사마상여열전司馬相如列傳〉에 등장하는 언어의 연금술사 사마상여가 가진 재산이라고는 사방이 벽인 낡은 집뿐이었지만 노래와 거문고 뜯는 솜씨로 거부巨富인 탁왕손卓王孫의 과부 딸 탁문군卓文君의 마음을 단번에 얻어냈다. 그가 얻은 것은 콧대 높은 탁문군의 마음만이 아니었다. 그는 뛰어난 글 솜씨로 황제의 마음까지 사로잡았다.

그는 황제를 위해 자신의 보물을 아낌없이 베풀었다. 그의 뱃속에 감추어진 원석의 언어는 황제의 총애를 만나자 보석이 되었고, 그는 그 언어로 세상에서 가장 아름다운 황제의 정원을 건축했다. 그 정원 안에는 세상의 진귀한 보물은 물론이고, 세속을 초월한 것도 빠짐없이 갖추어져 있었다. 인간의 오감을 모두 자극하는 그 정원 안에는 아름다운 여인인 청금靑琴과 복비宓妃도 빠지지 않았다. 그녀들 덕분에 황제는 눈과 귀가 즐겁고, 마음의 기쁨까지 얻었다.

청금, 복비와 같은 여인은
세속과는 다른 빼어난 아름다움이 있습니다.

아리땁고 우아하며, 정갈하고 단정하게 꾸민 모습은

부드럽고 산뜻하며, 여유가 있고 곱고 가냘픈 모습입니다.

(…)

그윽한 향기가 감싸고, 맑은 향으로 가득 차 있습니다.

희고 가지런한 이는 밝게 빛나고, 웃을 때마다 환해집니다.

가늘고 긴 눈썹, 살짝 어여쁜 눈길을 던집니다.

여신들의 아름나움이 전해지니,

마음이 즐거워집니다.

상림上林은 황제의 정원이다. 언어로 건축된 정원은 상상을 뛰어넘는 위용과 아름다움을 자랑했다. 이역異域에서 온 기이한 동물과 식물이 앞을 다투어 자라는 곳, 샘물조차 달고 향기로운 그곳에 청금과 복비가 있었다.

사마상여는 그녀들이 세상의 미인으로, 세속을 초월한 미모를 가지고 있으며, 무엇보다 '우아하고 정갈하다'는 말로 칭송을 시작했다. 그것이 남성 중심 사회에서 여성에게 요구되는 덕목이었을 수도 있겠지만, 그녀들을 감싸고 있는 것은 분위기이기도 했다. 옷맵시는 물론이고, 그녀들에게는 부드럽고 달콤한 향기가 났고, 희고 가지런한 치아와 빛나는 웃음이 있었다. 그녀들의 눈빛은 영혼을 내던지고 달려가게 할 정도로 매혹적이었다.

사마상여는 청금과 복비가 절세미인이라고 추켜세웠다. 그녀들은 '아름답고 우아하며 정갈하다'며 옷맵시와 화장, 미소를 나열했다. 눈썹의 움직임 하나조차 놓치지 않은 그의 필치 덕분에 그녀들은 여전히 살아서 움직이는 것처럼 느껴지기도 한다. 그렇게 아름답기에 그녀들은 세상에서 가장 아름다운 황제의 정원에서 빠질 수 없었던 것이다.

깊이 빠져들게 하는 복비의 아름다움

복비의 아름다움을 찬양한 것은 사마상여만이 아니었다. 문재文才로 이름이 높았던 조조曹操의 아들 조식曹植의 붓도 그녀의 미모 앞에서 멈출 줄을 몰랐다. 조식의 〈낙신부洛神賦〉는 조식이 낙수洛水를 지나며 지은 작품인데, 여기에는 낙수의 여신인 복비의 아름다움이 묘사되어 있다.

그 모습은

놀란 백조가 나는 것 같고,

용이 노니는 것처럼 부드러우며

가을 국화처럼 빛나고

봄의 소나무처럼 곱고 무성하다.

가벼운 구름이 달을 가린 듯,

흐르듯 부는 바람이 흰 회오리 눈을 만드는 듯하다.

멀리서 바라보면

아침 위로 떠오른 태양처럼 환하고

가까이 살펴보면

푸른 물결에서 빛나듯 피어난 연꽃인 듯.

(…)

어깨는 깎아 만든 듯,

허리는 흰 비단으로 묶은 듯하다.

길고 빼어나게 아름다운 목,

투명하게 흰 피부.

향기로운 화장수도 더할 필요 없고,

분화장도 필요 없다.

높이 올린 머리는 산처럼 높고,

긴 눈썹은 부드럽게 뻗어 있다.

밝고 붉은 입술,

그 안으로 감추어진 흰 치아.

희고 맑은 또렷한 눈동자와

보조개가 들어간 둥근 뺨.

옥구슬처럼 아름다운 자태,

고요하고 우아한 몸짓.

부드러운 표정과 온화한 자태,

말하는 것도 사랑스럽다.

(…)

빛나는 비단옷 걸치고,

반짝이는 옥 귀고리를 달았다.

금과 비취로 된 머리장식 꽂고

밝게 빛나는 구슬 장식으로 몸을 치장했다.

멀리 떠날 때 신는 예쁘게 수놓은 신

끌리는 얇은 명주 치마 사이로 드러난다.

난초 향기 가득하니,

발걸음은 모퉁이에서 서성인다.

황제의 몽환적인 정원에서 만날 수 있었던 복비는 낙수에서 노닐다가 우연히 조식을 만났다. 조식의 눈에 들어온 여신은 과연 어떤 모습이었을까? 수로부인과 처용의 아내에게 마음을 빼앗긴 신처럼 인간 세상의 조식은 두 세계의 간극도 잊은 채 그녀의 아름다움에 '단번에' 매료됐다. 아름다운 복비에게 마음을 빼앗긴 조식은 이렇게 노래했다.

복비의 아름다움은 자연의 가장 아름다운 것만을 조합한 지극의 미美, 그 자체였다. 놀란 백조 같은 모습, 노니는 용과 같은 부

위진남북조시대의 화가 고개지顧愷之가 그렸다고 알려진 〈낙신부도洛神賦圖〉,
낙수의 여신인 복비가 물 위를 사뿐히 걸으며 몸을 돌려 뒤쪽의
조식에게 눈길을 주고 있는 장면을 묘사했다.

드러움, 가을 국화처럼 빛나고 봄의 소나무처럼 곱고 무성한 자태, 가벼운 구름에 가려진 달, 환하게 떠오른 태양, 푸른 물결 위로 피어난 맑은 연꽃과 산처럼 높은 머리는 모두 그녀의 아름다움을 표현하기 위해 준비된 언어였다. 세상의 모든 아름다움을 모아놓은 그녀의 모습은 탐스럽고 우아했다. 매끈한 어깨, 가는 허리, 긴 목, 흰 피부, 붉은 입술과 흰 치아, 또렷한 눈동자와 보조개와 어여쁜 말소리는 복비의 아름다움을 배가했다.

아름다움은 타고난 것에만 머무르지 않는다. 그녀는 스스로를 가장 돋보이게 할 수 있는 온갖 장식품으로 그 미적 아름다움을 극대화했다. 복비는 구름머리를 올리고, 비단옷을 입었으며, 금과 명주, 옥 등의 화려한 보석, 세상에서 맡을 수 없을 정도로 고운 향기, 곱게 수놓은 신발까지 그야말로 머리부터 발끝까지 소홀함이 없이 아름답게 치장했다. 사람들뿐만 아니라, 신의 마음까지 훔친 그녀는 아름다움 그 자체였다.

조식이 반한 복비는 낙수신의 아내였고, 조식은 낙수를 건너던 길에 우연히 그녀를 만난 것이지만 한 번의 우연한 만남은 그의 마음을 빼앗아버렸다. 복비에게 첫눈에 반한 조식은 그녀가 여신인 것도 잊고 복비를 당장 아내로 삼고 싶은 마음까지 갖게 됐다.

그는 아름다움에 끌려 이룰 수 없는 약속을 했다.

"좋은 중매쟁이가 없어 연을 맺지 못하고, 다만 잔물결에 의탁해 말을 전합니다. 진실한 마음을 전하기 위해 이 옥패를 풀어 약속합니다."

이런 사랑의 맹세까지 해버린 조식은 심지어 밥 먹는 것도 잊을 정도로 그녀에게 깊이 빠져들었다. 하지만 조식은 여신인 그녀와의 사랑을 완성할 수 없었다. 사랑하는 마음은 컸지만 끝내 인간과 신 사이, 서로 다른 두 세계의 거대한 간극을 뛰어넘을 수 없었다. 가질 수 없고 이룰 수 없었기에 꿈은 더욱 애틋하고 간절했는지도 모른다.

복비의 그림자에 숨겨진 중국의 헬레네, 견씨부인

복비에게 영혼을 빼앗긴 듯 써내려간 조식의 화려한 언어를 걷어내면, 복비의 아름다움 위로 견황후甄皇后의 그림자를 발견할 수 있다. 원소袁紹의 아들 원희袁熙의 아내였던 견씨甄氏는 그 미모 덕에 전란에서도 살아남았다. 전쟁으로 하루도 편안할 날 없었던 삼국시대, 조조를 들썩이게 만든 것은 적의 침탈만이 아니었다. 그는 업성鄴城을 침탈하자마자, '속히(疾)' 견씨부터 불러오라고 달뜬 명령을 내렸다.

위魏 [문제文帝의] 견황후는 총명하고 아름다웠다. 이전에는 원희의 부인으로서 대단한 총애를 받았다. 조공曹公(조조)이 업성을 공략했을 때 속히 견씨를 불러오라고 명령했더니, 좌우에서 아뢰었다.

"오관중랑五官中郞(曹조)이 이미 데리고 떠났습니다."

그러자 조공이 말했다.

"금년에 적을 격파한 것은 바로 그 계집 때문이었는데!"

―《세설신어》〈혹닉惑溺〉[2]

그에게 돌아온 대답은 이미 한발 늦었다는 아쉬운 대답이었다.

"아니, 대체 누가 그랬단 말인가? 감히! 내가 있는데!"

그 범인은 바로 조조의 사랑하는 아들 조비曹조였다. 그녀의 미모는 칼을 든 조비를 순간적으로 마비시키고 그의 임무를 잊게 만들었다. 칼날이 오가는 싸움터에서 그는 새어나오는 감탄을 숨길 수 없었다.

원소가 죽은 뒤, 원희는 전출되어 유주幽州에 있었지만, 견씨는 남아서 시어머니를 모셨다. 업성이 함락되자 오관장(조비)이 곧바로 원소의 집으로 들어가 보았다. 그랬더니 견씨가 겁에 질려서 시어머니의 무릎 위에 머리를 파묻고 있었다.

오관장이 원소의 처 원 부인에게 견씨의 머리를 들게 하라고 했는데, 그 미색이 뛰어난 것을 보고 감탄했다. (…) [조비는 그녀를 아내로 맞았고, 그녀는] 몇 년 동안 총애를 독차지했다.

아들보다 한발 늦은 조조는 업성을 친 것은 사실 견씨 때문이었다며 아쉬운 마음을 달래야 했다. 견씨는 이미 원희와 혼인한 유부녀였지만, 그녀를 보거나 그녀의 소문을 들은 사내라면 모두 그녀에게 깊이 빠져들었다. 《세설신어》의 저자는 이 이야기를 '미혹되어 빠져든다, 혼곤히 빠져든다'는 의미의 〈혹닉〉편에 실었다.

미녀 앞에서 발휘된 기묘한 이해

견씨에게 반한 것은 조조와 조비만이 아니었다. 《위씨춘추魏氏春秋》에 따르면 그의 동생 조식도 견황후를 사모했다. 세 부자가 모두 견씨의 아름다움에 넋을 잃은 것이다. 대단한 권력을 가진 그들이었지만, 한 여인을 위한 부자간의 경쟁은 어떤 식으로든 해결이 되어야만 했다. 여인 때문에 생긴 앙금을 염려한 공융孔融은 해결책을 강구했다.

오관장이 원희의 부인을 받아들이자, 공융이 태조에게 서찰을 보내 말했다.

"[주周] 무왕이 [은殷] 주왕紂王을 토벌했을 때, [주왕의 비] 달기妲己를 [동생인] 주공에게 하사했습니다."

태조는 공융이 박학하기 때문에 정말로 [그런 사실이] 전적에 기록되어 있는 것이라고 생각했다. [태조가] 나중에 공융을 만나서 물어보았더니, 공융이 대답했다.

"지금의 입장에서 옛날을 헤아려보면 아마도 그러했을 것이라고 생각했던 것입니다."[4]

조조는 그녀를 위해 업성 땅을 쳤다고 했지만, 그녀 때문에 아들과 불편한 관계를 유지할 수는 없었다. 이런 상황을 눈치챈 지혜로운 공융은 태조에게 서찰을 보내, 주 무왕이 은 주왕을 토벌했을 때 미녀 달기를 동생인 주공에게 주었다며 옛 역사를 들추어냈다. 세상을 흔들 만한 권력을 가진 무왕이 누구라도 한번 보면 헤어 나올 수 없는 미녀이자 요녀妖女인 달기를 동생에게 양보했다는 미담을 들려준 것이다.

조조는 공융의 뜻을 금세 알아차렸다. 견씨를 포기하는 것은 더 큰 일을 위한 초석이라는 것을 말이다. 공융이 공자가 꿈에서도 그리워해 마지않았던 주공周公을 끌어들인 것은, 조조가 견씨를 포기하는 것은 곧 주 무왕의 아량에 비견되는 대단한 양보라는 칭찬도 포함되어 있었다. 조조는 무왕의 신임이야말로 주공의 존재를 가능케 했다는 것을 알고 있었다.

주공이 누구인가? 주나라의 기틀을 세운 진정한 영웅이자 조카

성왕成王을 도와 훌륭하게 섭정을 했던 위인이며, 인재가 찾아오면 목욕을 하다가도 머리털을 쥐고 뛰쳐나오고, 먹던 밥을 뱉고 손님을 맞이했다는 의미의 '토포악발吐哺握髮'의 주인공이 아닌가. 조조 역시 〈단가행短歌行〉에서 "주공이 먹던 밥을 뱉고, 목욕하다가 머리털을 쥐고 나오자, 천하의 마음이 모두 그에게 돌아갔다(周公吐哺, 天下歸心)"라며 그에 대한 흠모를 감추지 않았다.

조조는 박식한 공융의 조언을 받아들였지만, 못내 아쉬움이 남았던 듯하다. 훗날 공융에게 그런 일이 정말 기록으로 남아 있느냐고 물었던 것을 보면 말이다. 그러자 공융은 지금의 입장에서 헤아려보면 아마도 그랬을 것이라는 '추측'이라고 태연하게 대답했다. 사실 사마천은 《사기》에서 주왕의 애첩이 모두 스스로 죽음을 택했다고 기록했다. 주 무왕의 미담은 부자 사이가 틀어질 것을 염려한 공융이 지어낸 이야기에 불과했다. 아들에게 허락한 견씨부인을 다시 데려올 수는 없는 일, 조조는 아쉬운 마음을 달랠 수밖에 없었다.

여기서 알 수 있는 것은 '달기를 하사받은 주공'을 바라보는 그들의 시선이다. 꾸며낸 것이기는 하지만, 조조까지 잠잠케 만든 이 이야기는 주공과 같은 훌륭한 성인군자라도 미인을 마다하지는 않는다는 것, 심지어 주왕을 파멸에 이르게 한 요물이라 하더라도 거부하지 않았다는 것, 그 누구도 매혹적인 여인을 마다하지 않았을 거라는 아름다움의 위력에 대한 은밀한 동의를 읽게 된다.

대업을 위해 조조는 견씨를 포기했건만, 조식은 쉽사리 포기하지 못했다. 그렇다고 조식에게 뾰족한 방법이 있는 것도 아니었다. 아버지인 조조가 견씨를 조비에게 허락하자, 조식은 밤낮 제대로 잠도 잘 수 없는 지경이 됐다. 그는 멀리서라도 그녀를 볼 수 있다는 것에 위안을 삼으며 식지 않은 마음을 가라앉히는 수밖에 없었다. 하지만 그런 위인도 결코 오래가지 않았다. 화사한 미모 때문에 경쟁자가 많았던 견씨는 오래지 않아 생을 달리했다.

조식은 커다란 슬픔 앞에서 눈물을 참지 못했다. 이루지 못한 그녀와의 사랑은 그의 생각과 글 속에서 완벽하게 이루어졌다. 한 남성이 여신에게 반해 그의 진실한 사랑과 흠모를 노래한 〈낙신부〉는 이렇게 이루어졌다. 훗날 주석가 이선李善은 《문선주文選注》에서 조식의 〈낙신부〉를 이렇게 설명했다.

위의 동아왕(조식)은 한말 견일의 딸을 좋아했지만, 얻을 수 없었다. 태조가 오관중랑장에게 [견씨를] 주자, 조식은 [마음이] 매우 편안하지 않아 밤낮으로 잠도 자지 못하고 밥도 먹지 못했다.

황초 중에 입조했을 때, 황제는 견후가 사용하던 옥과 금으로 장식한 베개를 보여주었다. 조식은 베개를 보더니 자기도 모르는 사이에 눈물을 흘렸다. 이때 견후는 이미 곽후에게 참소를 당해 죽은 후였다. 황제 역시 그것을 깨닫고 태자에게 연회에 남으라고 명을 내린 후에, 베개를 조식에게 주었다. 조식은 돌아가는 길에 환원轘轅을 지날 때, 잠시 낙수에 머무르면서 견후를 생각했다.

군사까지 동원하게 만들었던 동양의 헬레네 견씨부인, 그녀의 아름다움은 그림으로 묘사해낼 수 있는 게 아닐지도 모른다. 견후에게 마음을 빼앗긴 조식이 할 수 있었던 유일한 일은, 그녀를 낙수의 여신으로 바꾸어 마음껏 흠모의 정을 표현하는 것뿐이었을 것이다. 인간 사이의 규칙과 계율은, 신과 인간 세상 사이의 뛰어넘을 수 없는 간극처럼 깊다. 무엇보다 이루지 못한 사랑, 아쉬움만 남긴 사랑은 그 아름다움을 더욱 애틋하고 고혹적으로 만든다.

이야기 속의 수로부인, 처용의 아내, 도화랑, 복비는 사람이면서 신을 매료하고, 신이면서 사람을 빠져들게 하는 아름다움을 가진 여인들이었다. 문자의 기록으로 남은 그녀들은 텍스트의 행간行間 사이로 스며들어 글을 통해 그녀들을 만나는 사람을 설레게 하고 궁금하게 만든다.

죽음조차 그 그리움을 방해할 수 없게 만들었던 복비의 그림자에 가려진 견씨의 아름다움은 전쟁을 부르기도 하고, 부자간의 갈등을 증폭시키기도 하는 파멸의 것이기도 하다. 신의 마음을 바꾼 여인, 그래서 신이 스스로의 임무를 잊게 되고 사람들을 질병과 두려움, 고통에서 벗어나도록 해주었던 처용랑과 도화랑의 아름다움은 축복이다. 그것이 긍정적 결과를 가져왔든, 그 반대의 결과를 가져왔든 한 가지 분명한 점은 그녀들의 아름다움이 인류의 역사를 진탕시키고, 사람들의 마음을 크게 흔들었다는 것이다.

말할 수 없는
이끌림은
동경과 두려움을
동시에 내포한다

아름다움의
빛과
그림자

3

길 가던 사람이 나부羅敷를 보면

짐 내려놓은 채 수염 쓰다듬고

젊은이가 나부를 보면 관을 벗고 망건을 매만지며

밭 갈던 사람은 쟁기를 잊고 김매던 사람은 호미를 잊어버린다.

집에 돌아가서는 모두 화만 내는데, 그것은 나부를 보았기 때문이다.[1]

아름다운 외모는 사람의 눈을 즐겁게 할 뿐만 아니라, 때로 사람의 마음을 움직이는 것이기도 하다. 고대 중국의 한 노래에는 나부라는 예쁜 여인을 본 남자들이 마음을 빼앗겨 해야 할 일을 망각한 모습이 흥미진진하게 담겨 있다.

지고 있던 짐을 내려놓게 하고, 김매던 호미와 밭 갈던 쟁기를 손에서 놓게 하는 나부의 아름다움은 순간적인 것으로 끝나지 않았다. 나부를 본 사람은 집에 돌아가서도 이유 없이 화를 냈다. 이 노래는 아름다운 외모가 얼마나 강력한 힘을 갖고 있는지를 잘 말해준다. 아름다움은 사람을 순간적으로 마비시키고 거부할 수 없는 감정에 이끌리게 한다.

그 말할 수 없는 이끌림은 동경과 두려움을 동시에 내포하고 있다. 아름다운 여인은 여우가 변한 것이거나, 요괴의 화신이라는 근거 없는 믿음의 언어는 두려움의 선명한 증거다. 지나친 아름다움은 동경과 부러움을 불러일으키는 동시에, 막연한 두려움을 느끼게 한다. 자신을 꼼짝달싹하지 못하게 만든 여성 앞에서 남성은 매혹과 두려움을 동시에 느낀다. 여성에 의해 수없이 파멸되는 남성의 역사임에도, 그 파멸의 역사는 오늘도 여전히 소설이나 영화, 드라마를 통해 무수히 재현되고 있다.

파멸의 역사를 쓰게 한
여인들

《한서漢書》의 일부를 집필한 반고班固의 고모할머니는 전한前漢 시기에 가장 방탕한 황제로 유명한 성제成帝의 후궁인 반첩여班婕妤다. 문장가이자 시인으로도 이름이 높았던 그녀는 조비연趙飛燕 자매와는 달리, 지적이며 단아한 매력으로 성제의 사랑을 받았다. 그런 그녀를 아꼈던 성제가 어느 날, 황제가 사용하는 작은 가마인 연輦을 함께 타자고 말했다. 그러나 반첩여는 그런 성제의 로맨틱한 제안을 거절하며 이렇게 말했다.

> 옛 그림을 보면, 어질고 뛰어난 군주의 곁에는 모두 명신名臣들이 있지만, 삼대三代(하·은·주)의 마지막 군주 곁에는 그들이 빠져든 여인들이 있었습니다. 지금 저와 함께 연을 타시면 그와 비슷하게 되지 않을까요?
>
> -《한서》〈외척전外戚傳 하下〉

성제는 단정한 반첩여의 말을 따랐고, 그녀는 태후太后로부터 큰 칭찬을 받았다. 반첩여가 언급한 삼대의 마지막 군주는 그 유명한 걸桀·주紂·유幽 왕이다. 그리고 각각 끝까지 군주들의 곁을 지켰던 말희末喜·달기妲己·포사褒姒는 군주를 파멸로 이끌고, 왕국을 끝장낸 악독한 여인들로 그려지고 있다. 한漢나라의 유향劉向은 《열녀전列女傳》을 펴내면서 이 세 여인을 파멸을 불러온 재앙의 여인들이라는 의미의 〈얼폐전孼嬖傳〉에 넣었다. 그녀들은 이후 '얼폐'라는 문자의 감옥에 영원히 갇혀버렸다.

사마천은 《사기》에서 걸이 말희 때문에 쫓겨났다고 했지만, 말희에 대한 이야기는 몇 줄의 짧은 묘사가 거의 전부라고 해도 과언이 아니다. 그녀에 대한 증언은 오히려 후대로 갈수록 많아진다. 짧고 빈약한 문자의 틈은 상상력이 자랄 좋은 토양이 되었고, 그녀에 대한 묘사는 나무의 잎처럼 무성해졌다. 결국 그녀는 악녀로 남게 되었다.

《사기》에는 달기와 포사의 이야기가 자세히 설명되어 있다. 사마천은 많은 지면을 할애하여 달기와 포사를 묘사하는 걸 주저하지 않았다. 마치 그것이 역사의 중요한 교훈이라도 된다는 듯 말이다.

주왕의 여인, 달기

달기는 은 왕조의 마지막 왕 주紂가 사랑하던 여인이었다. 사마천은 《사기》〈은본기殷本紀〉에서 주왕이 그녀의 말이라면 뭐든 들어주었다고 증언했다. 달기에 대한 구체적인 기록이 없기 때문에 그녀의 매력이 무엇이었는지 정확하게 알 수는 없지만, 그녀가 주왕의 마음을 확실히 움직일 수 있는 여인이었다는 것만큼은 분명하다.

[주왕은] 달기를 좋아하여 달기의 말은 다 들어주었다.[2]

달기가 무엇을 요구했다는 기록은 없지만, 훗날 그녀는 주 무왕이 주왕을 치게 만드는 결정적 계기를 제공한 비극의 여인이 됐다. 황음무도함이 극에 달한 주왕을 정벌하기 위해 모인 제후와 군사들에게 무왕은 목소리를 높였다. 무왕은 달기에 대한 비난으로 출정 이유를 밝혔다. 무왕은 찬란한 은 왕조를 끝장낸 달기를 비난했다. 주왕은 아름다운 여인 때문에 자신도 망하고 집안과 왕조를 망하게 한 불운의 인물로 그려지기도 한다.

뛰어났지만 오만했던 주왕

주왕은 정말 달기 때문에 파멸한 것일까? 그럴 수도 있겠지만,

역사의 기록은 조금 다르다. 사마천은 《사기》〈은본기〉에서 주왕은 총명하고 힘이 세며, 신하의 간언이 필요 없을 정도로 지혜롭고 일도 잘하는 인물이기는 하지만, 주왕 자체의 성품에 문제가 있는 인물이라고 설명했다.

주는 천부적으로 민첩한 말재주가 있었고, 보고 들어 얻은 지식이 매우 빼어났다. 그의 힘은 다른 사람보다 뛰어나 맨손으로 맹수와 맞설 수 있었다. 그의 지혜는 간언을 막을 수 있었고, 그의 말재주로는 잘못을 감출 수도 있었다. 다른 사람들에게 자신의 능력을 자랑하여, 천하에 명성으로 높이지려고 하였고, 모든 사람들은 자기보다 못하다고 생각했다.
술과 음란한 음악을 좋아하였고, 여인들에게 탐닉하였다. 특히 달기를 좋아하여 달기의 말은 다 들어주었다.

그렇다! 주왕은 자신의 허물을 감출 수 있을 정도로 말도 잘하고, 스스로 능력이 있다는 걸 누구보다 잘 알고 있어서 능력을 과시하고 싶어 하는 왕이었다. 심지어 다른 사람은 자기만 못하다고 생각하는 특유의 오만함도 있었고, '술과 음악, 여자'를 과도하게 좋아했다고 전해진다. 그의 번뜩이는 천재성과 창의력은 의외의 곳에서 발휘됐다. 그는 지금까지도 황음무도의 대명사로 회자되는

'주지육림酒池肉林'을 만들었고, 포격炮格이라는 형벌도 만들었다.

주는 귀신들에게조차 거만했다. 사구에 많은 악공과 광대를 모았다. 술로 연못을 만들고, [나무에] 고기를 걸어놓아 [고기] 숲을 만들었다. 남자와 여자들이 나체로 그 사이를 서로 쫓고 따르게 하면서, 밤새도록 놀게 했다.

백성들이 원망하고 제후들 가운데 배신하는 자가 나타났다. 그러자 주는 [오히려] 형벌을 더욱 무겁게 하여 포격炮格이라는 형벌을 만들었다.

－《사기》〈은본기〉

주는 퇴폐적 파라다이스인 '술 연못과 고기 숲'을 만들고, 동시에 살아 있는 사람들의 처참한 비명이 끊이지 않는 지옥도 만들어냈다. 《열녀전》에서는 포격형을 보다 자극적인 '포락炮烙'이라고 이름 붙인 후 이 형벌에 대한 설명을 덧붙였다. 포락의 '락烙'은 '달구다, 지지다'라는 의미를 담고 있는데, 포격(락)형은 매끄럽게 기름칠을 한 구리 기둥을 불구덩이 위에 가로질러 놓고, 죄인을 그 위로 걸어가게 했던 형벌이었다. 구리 기둥의 뜨거움을 견디지 못한 죄인들이 산 채로 불구덩이에 떨어지며 타는 냄새와 끔찍한 비명이 왕국을 가득 메웠다.

그런 군주를 바라보는 신하들의 마음은 까맣게 타들어갔다. 왕의 마음을 돌려보려고 구후九侯는 자신의 아름다운 딸을 바쳤다. 하지만 교양 있게 자란 구후의 딸이 주지육림에 익숙해진 왕의 마음을 돌리기에는 역부족이었다. 오히려 그의 화만 돋우게 된 그녀는 죽음으로 내몰렸고, 주왕은 구후를 포를 떠서 죽인 후 소금에 절였다. 충격과 분노에 항의했던 악후鄂侯 역시 소금에 절여졌다.

달기, 파멸의 꽃인가?

주왕의 악행은 사람들의 인내심을 바닥냈다. 구후, 악후와 함께 삼공을 지낸 서백창西伯昌의 아들 무왕武王은 주왕의 악행을 끝내기로 결심하고, 〈태서太誓〉를 지어 병사들에게 출정의 이유를 설명했다.

지금 은왕 주는 부인의 말을 듣고, 스스로를 하늘로부터 끊어버렸습니다. (…) 선조들의 음악을 끊어버리고, 음란한 음악을 만들어, 바른 소리(正聲)를 어지럽혀, 부인만을 기쁘게 하였습니다.

– 《사기》〈주본기周本紀〉

다른 여러 이유도 있지만, 무왕은 주왕의 여인을 그 주요한 요인으로 지목했다. 무왕의 〈태서〉에는 주왕이 그토록 악해진 이유가 여인의 말만 들었기 때문이고, 사랑하는 여인을 위해 음란한 음악을 만들었기 때문이라고 말했다. "암탉이 새벽에 울면 집안이 망한다(牝鷄之晨, 惟家之索)"라는 오래된 속담은 그녀를 위해 준비된 것이었다. 무왕은 주왕이 황음무도하게 된 것은 그녀 때문이라고 소리를 높였다. 주왕은 끝내 머리가 베이고, 주왕의 여인은 이 비극 속에서 스스로 삶을 마감했다.

후대의 삽화에서 달기는 심지어 꼬리가 아홉 개 달린 아름다운 미인으로 그려지기도 한다. 아름답지만 요사스럽고 괴이한 여인, 그래서 혹자는 그녀가 혹시 진짜 요괴가 아닐까 의심하는 것이다. 그러나 사마천의 증언에 따르면, 황음무도했던 것은 우선 주왕 자신이었다. 한漢나라의 유향은 그녀가 포격형을 보고 '웃었다(笑)'는 말을 덧붙여, 그녀에게 악녀의 이미지를 씌웠다. 남성이 독점하던 문자 권력 아래, 그녀는 스스로를 변호할 수도, 보호할 수도 없었다. 주왕의 파멸을 달기에게 돌리려는 것은, 그래서 지금까지도 그녀를 그토록 혹독하게 비난하는 것은 아름다움에 마법처럼 빠져들었던 남성 스스로의 자괴감의 다른 표현일 뿐이다.

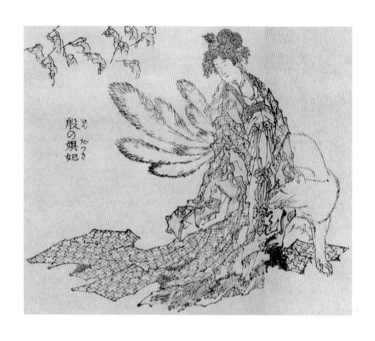

일본 에도 시대의 화가 가쓰시카 호쿠사이가 그린 달기,
구미호로 변신하는 모습을 묘사했다.

천금의 미소, 포사

웃음의 대가

"봉화를 올려라! 제후들을 소집하라!"

위엄이 서린 왕의 명령에도, 활활 타오르는 봉홧불에도 아무도 오지 않았다. 적 앞에서 결국 제 한 몸조차 지킬 수 없었던 비운의 왕, 그의 마음을 사로잡은 한 여성을 위해 봉화를 올린다는 엄중함마저 잊었던 유왕幽王의 또 다른 이름은 '양치기 소년'이다.

유왕은 달기 때문에 왕조를 파멸로 치닫게 한 주왕을 처단한 무왕이 세운 주 왕조의 스물한 번째 왕이다. 달기와 주왕에 얽힌 비극을 기억하기에는 너무 오랜 시간이 지난 것인지도 모른다. 유왕은 이름조차 평범하기 짝이 없는, '포나라 여인'이라는 이름의 포사褒姒를 총애했다. 아름다운 여인이라고만 알려졌을 뿐 그녀의 외모와 성격에 대해서는 구체적인 기록이 없지만, 유왕은 그녀에게 깊이 빠져들었다. 다른 여인과 달리 그녀는 잘 웃지도 않고 시종일관 무심한 모습이었는데, 유왕은 그녀의 그런 모습에 더욱 안달이 났다. 그녀 앞에서 유왕은 그저 한 사내에 불과했다. 그녀를 행복하게 할 수 있는 일이라면 뭐든지 할 준비가 된 사람처럼 보이기도 했다. 드디어 유왕에게 기회가 왔다. 포사가 아들을 낳은 것이다. 유왕은 왕후 신후申后와 태자 의구宜臼를 폐위하고, 포사와 그녀의 아들에게 그 자리를 대신하게 하려고 했다.

> 유왕은 포사를 사랑했다. 포사가 아들 백복伯服을 낳자 유왕은 태자
> 를 폐하려고 하였다. 태자의 어머니는 신후申侯의 딸로, [유왕의] 왕후
> 가 되었다. 나중에 유왕이 포사를 얻은 후에, 그녀를 사랑하여 신후
> 申后를 폐하고 태자 의구까지 없앤 다음 포사를 왕후의 자리에 앉히
> 고 백복을 태자로 세우려고 하였다.
>
> ―《사기》〈주본기〉

태자가 바뀌는 사건은 역사에 비일비재한 일이어서 새로울 게
없지만, 흥미로운 것은 포사가 어떤 것도 요구하지 않았다는 사실
이다. 왕후가 폐위되고 태자가 뒤바뀌는 역사적 사건은 한 여인의
사랑을 갈구했던 왕의 자발적 결정에서 비롯된 일이었다.

포사는 왕후가 되었지만 여전히 말이 없었고, 아들이 태자가 된
것에도 무심한 듯 보였다. 그녀는 말만 없는 것이 아니라 얼굴에
웃음기도 없었다. 웃음이 없는 그녀의 서늘한 아름다움은 신비감
을 배가했다. '딱 한 번만!' 포사의 웃는 모습을 보고 싶어 했던 유
왕의 모든 시도는 물거품이 되었지만, 완전히 헛된 것은 아니었
다. 노력의 결실은 의외의 곳에서 얻어졌다. 봉화를 잘못 올려 제
후들이 급하게 달려온 모습을 보고 포사가 드디어 웃음을 터뜨린

것이다. 그것도 큰 웃음을.

포사는 잘 웃지 않았다. 유왕은 그녀를 웃게 하려고 온갖 방법을 다
썼지만, 그래도 그녀는 웃지 않았다. 유왕은 봉수烽燧와 큰 북을 만
들어, 적들이 쳐들어오면 봉화를 올렸다. [그러던 어느 날, 봉화를 잘못 올
려] 제후들이 모두 도착했는데, 도착해보니 적들이 없었다. 포사가
이 모습을 보더니 크게 웃었다(大笑). 유왕은 그 모습을 보고 기뻐하
면서, 여러 번 봉화를 올렸다.

– 《사기》〈주본기〉

유왕도 봉화를 잘못 올린 것이 얼마나 치명적인 실수인지를 분
명하게 알고 있었을 것이다. 그러나 포사의 커다란 웃음은 마약과
도 같았다. 그는 스스로를 합리화하며 합리적 이유를 찾았다.

"주나라의 왕이 그것도 못한단 말인가!"

유왕은 그녀를 위해 다시 봉화를 올렸고, 그 봉홧불에 허둥지둥
달려온 제후국 군사들을 보며 그녀는 다시 웃음을 터뜨렸다. 그녀
의 웃음과 함께 유왕에 대한 제후들의 믿음도 공중으로 흩어졌다.

유왕이 뿌린 불행의 씨앗은 이미 은밀하게 자라나고 있었다. 포
사를 위해 왕후였던 신후를 폐위하려고 했을 때 그녀의 아버지가
제후였다는 사실도 잊었던 것일까. 유왕은 그가 딸의 이유 없는

폐위에 얼마나 분노했을지 미처 생각하지 못했다. 사위의 납득이 안 되는 행동에 분노한 신후는 증繪, 견융犬戎과 함께 유왕을 공격했다. 다급해진 유왕은 위엄이 서린 명령을 내렸다.

"봉화를 올려라! 제후들을 소집하라!"

그러나 더 이상 아무도 그의 명령에 응답하지 않았고, 유왕은 여산驪山에서 최후를 맞았다. 포사는 잡혔고, 원래 태자였던 의구가 왕위에 올랐다. 의구는 평왕平王이 되었지만, 나라는 평안하지 못했다. 그는 북방의 민족을 피해 동쪽의 낙읍洛邑으로 수도를 옮겼다.

그녀에게 감추어진 출생의 비밀

"포사가 사로잡혔다!"

왕은 죽었지만 왕후였던 포사는 죽지 않고 산 채로 사로잡혔다. 주왕의 여인이었던 달기는 죽었지만, 유왕의 왕후였던 포사가 어떻게 되었는지에 대해서는 추측이 무성하다. 사람들은 그녀가 죽지 않았을 거라고, 죽을 수 없었을 것이라고 말한다. 그녀는 이 속세의 미인과는 다른 '출생의 비밀'을 안고 있으니 말이다. 그녀의 이야기는 먼 고대의 하夏나라로까지 거슬러 올라간다.

하나라 제왕의 뜰에 신룡神龍 두 마리가 내려왔다. 당황하고 놀란 왕이 점을 치게 했다. 용을 죽이거나, 쫓아버리거나, 머무르게 해도 불길하다는 점괘를 얻었다. 다시 점을 치자, 용의 타액唾液(침)을 받아 보관하면 길할 것이라는 점괘를 얻었다. 그리하여 용에게 제물을 올리고 기원하자 두 마리의 용은 침을 남기고 사라졌다. 사람들은 용의 침을 상자에 넣고, 흔적을 지웠다. 시간이 지나 하나라는 망하고, 은殷나라가 세워졌지만, 누구도 감히 그 상자에 손을 대지 못했다. 용의 침이 담긴 그 비밀스러운 상자는 판도라의 상자나 마찬가지였다. 오랜 시간이 지나면서 사람들의 궁금증도 커졌다.

주周나라 여왕厲王 말년에 누군가 상자를 열었다. 수백 년 동안 상자 안에 고여 있던 용의 침은 빛을 만나 밖으로 흘러나왔고, 곧 검은 자라로 변해서 왕의 후궁으로 기어들어갔다. 검은 자라는 후궁 안에 있던 어린 여종과 마주쳤고, 그녀는 성인이 되자 남성과의 어떤 접촉도 없이 딸을 낳았다. 불길하게 태어난 딸은 곧 버려졌지만, 포褒 땅으로 도망가던 부부에 의해 길러졌다. 이렇게 해서 신비스러운 비밀을 안고 태어난 소녀는 포사褒姒라는 평범한 이름을 얻어 평범하게 자랐고, 나중에는 속죄의 선물로 주나라 유왕에게 바쳐졌다. 그녀는 결국 원래 태어난 곳, 궁으로 돌아오게 된 것이다.

아름다웠지만 결코 웃지 않던 그녀를 위한 유왕의 가상한 노력은 결국 파멸이라는 끔찍한 결과로 이어졌다. 한 여성을 위한

한 남성의 순정과 노력은 후인들에게 뼈아픈 교훈을 남겨주는 타산지석이 됐다. 예쁜 여자에게 빠져들면 안 된다는 교훈을, 그는 나라를 잃고 목숨을 잃는 순간에야 깨달을 수 있었다. 아니, 어쩌면 그는 죽는 순간까지 후회하지 않았는지도 모르겠다.

궁금하다. 남성은 아름다운 미인에게 아무렇지 않게 빠져들면서 그 죄를 왜 여성에게 돌리는지 말이다. 주왕은 거만했고, 유왕은 그에게 아무것도 요구하지 않는 포사 앞에서 봉화를 올리기까지 했지만, 남성은 그들의 어리석음에 대해서 여전히 침묵하고 있다. '어쩔 수 없었다'는 항변은 스스로의 욕망을 다스릴 줄 몰랐던 그들의 뒤늦은 변명일 뿐이다.

장안의 러브스토리

절세 미녀로 알려진 달기와 포사의 미모에 빠진 남성에게는 죄가 없다고도 할 수 있지만, 그들이 왕이었다는 점은 심각한 결과로 이어졌다. 주왕은 은 왕조의 종언을 고한 불행한 마지막 왕이 되었고, 유왕 또한 서주西周 시대를 마감한 왕이 되었다. 지금의 시선으로 보자면 달기나 포사는 고대의 팜파탈인 셈이다. 치명적인 매력으로 한 남성의 영혼을 빼앗고, 끝내 나라의 멸망을 가져온 그녀들은 빼어나게 아름다웠을 것이다. 하지만 그녀들은 '아름다움의 대명사'라기보다는 '악녀'라는 오명과 함께 호명되곤 한다.

달기와 포사는 오랜 시간 동안 남성에게 두려움과 설렘을 가져다주는 이름이었다. 여성 때문에 실패하거나 파멸에 이른 남성은 그녀를 '달기'나 '포사'에 비유했고, 그것은 늘 고개를 끄덕이게 하는 멋진 변명거리가 됐다. 1000여 년 전 매혹과 두려움 사이에서 갈등했던 장안의 한 서생書生이 그랬듯이 말이다.

당唐나라의 유명한 시인이자 전기傳奇 작가인 원진元稹은 《앵앵전鶯鶯傳》에서 아름다운 여인을 만나 사랑했던 자신의 연애 경험을 이야기로 완성했다. 재주 많은 남성 장생張生과 앵앵鶯鶯이라는 이름을 가진 미인의 만남은 끝내 완성되지 못했다. 사랑의 미완성은 과거에 급제한 원진이 좋은 가문의 여성과 혼인하기 위해 그녀를 외면한 데서 비롯되었지만, 주인공인 장생은 그녀에게 미안한 마음을 갖지 않았다. 그는 오히려 미녀들에 의해 파멸로 치달았던 많은 인물의 비극적 역사를 보면서, 스스로 재앙의 씨앗을 이겨냈노라고 자랑스럽게 고백했다.

하늘이 미인에게 내리는 운명은 그녀 자신에게 재앙을 내리지 않으면 반드시 다른 사람에게 재앙이 미치게 하는 법이네. 만일 앵앵이 부귀한 자를 만나 그의 총애를 차지하게 된다면 그녀는 구름이 되고, 비가 되지 않으면 교룡이 되었을 것이네. 그런데 나는 그러한 변화(미인이 일으키는 변화무쌍함)를 알지 못했다네.

옛날 은나라의 주왕이나 주나라의 유왕은 모두 100만 군대를 가진 왕이었고 세력 또한 강했지. 하지만 한 여자가 그들을 멸망시키고 말았다네. 그래서 그들의 군대는 허물어지고 그들 자신은 살해된 것이네. 내가 가지고 있는 덕은 그와 같은 재앙의 씨를 이겨내지 못하기 때문에 감정을 참은 것이지.

원진은 장생의 목소리를 빌려 아름다운 여성이 갖는 파괴적인 힘에 대해 말했다. 원진은 주왕의 오만함과 황음무도함, 유왕의 어리석음에 대해서는 한마디도 하지 않고, 역사의 비극은 달기와 포사에게서 비롯된 것이라고 목소리를 높였다. 진정한 사랑을 나누었던 연인을 끝내 모른 척했던 미안함을 글로써 사죄하려고 했던 것인지는 모르겠지만, 원진은 자기 자신을 파멸에 이르게 할 정도의 아름다움을 감내할 수 없었노라고 말했고, 그의 고백에 좌중은 감탄을 금치 못했다고 말했다.

그는 과거에 급제한 후 좋은 가문의 여자와 혼인하기 위해서 연인을 버렸다는 비겁함은 끝내 말하지 않았다. 게다가 그는 시간이 흘러도 그녀를 가슴 속에서 완전히 지우지 못하고, 그녀의 남편에게 먼 친척이라는 핑계를 대고는 그녀에게 만나고 싶다는 청을 넣기에 이른다. 이미 다른 남자의 아내가 된 앵앵은 시를 지어 그의 청을 거절했다. "그때는 싫다고 버리더니, 지금 와서 무슨 미련이오? 지금의 부인한테나 잘하시오!"라는 직설적인 말에 장생은 무안해서 얼굴이 다 붉어졌을 것이다.

싫다고 버려두더니, 이제 와서 무슨 할 말이 있으신가요?
지난날에는 오히려 내가 더 좋아했지만,
그때 [나를 사랑했던] 마음으로 차라리 지금의 부인이나 사랑해주시지요.

　　　　　　　　　　　　　　　　　　　- 원진,《앵앵전》

젊은 날 화려한 사랑을 겪은 두 남녀는 각자 다른 사람과 혼인해서 평범한 삶을 살았던 것으로 보인다. 원진은 노골적으로 아름다운 여인을 '재앙의 씨'라고 폄하하고 비난했지만, 그녀는 결코 재앙의 씨앗이 아니었다. 사실 돌이켜 생각해보면 장생 역시 앵앵을 위해 자신의 신분도 돌보지 않고 월담을 강행했고, 그렇게 얻은 만남을 달콤하고 황홀하게 받아들였다. 다만 그녀의 미모 앞에서 예의나 법도 따위를 논할 수 없었던 그에게 더 큰 매력으로 다가왔던 것은 신분 상승의 욕망, 안락한 미래였을 것이다. 재앙의 씨앗은 그녀의 아름다움이 아니라, 그 자신의 욕망이었다. 여인의 아름다움을 탓할 것이 아니라, 남성 스스로의 욕망을 먼저 들여다볼 일이다.

아름답다는
죄

미녀와 요물 사이[3]

미녀에 대해 사람들이 갖는 감정은 실로 다양했다. 남성은 앞 다투어 미인을 보고 그들과 함께하기를 바랐고, 미모를 갖지 못한 여인은 끝 모를 질투에 휩싸이기도 했다. 사람을 순간적으로 마비시키는 힘, 지속적으로 연모하고 생각하게 하는 힘은 사람들에게 양가감정(모순감정)을 가지게 했다. 무한한 동경과 가슴을 서늘하게 하는 두려움이 그것이다.

조선시대, 아름다운 외모 때문에 요물이라는 오명을 쓰고 비극적인 삶을 마무리해야 했던 한 여인의 이야기가 전한다. 숙종 때 예조판서를 지낸 오정창吳挺昌에게는 어여쁜 두 딸이 있었다. 아무리 가려도 미모는 결국 드러나는 법. 사람들의 입에서 입으로 전해지던 자매의 미모는 결국 숙종의 귀에까지 들어가, 맏딸은 숙종의 곤빈이 됐다.

오정창은 작은딸의 혼처를 찾다가 정한주鄭漢柱라는 청년의 이름을 듣게 됐다. 참판을 지냈던 정약鄭鑰의 손자였는데, 사람을 시켜 살펴봤더니 수려한 외모에 학문까지 비범하다는 소문이 나서, 여러 집안에서 눈독을 들이고 있었다. 오정창은 마음이 급해져 둘째 딸과 정한주의 혼인을 서둘렀다.

오정창의 딸과 정한주는 단 한 번도 만나지 못한 채 부부가 됐다. 당시의 관례에 따라 정한주는 처가에서 혼례를 치렀고, 그 후에야 아내의 모습을 볼 수 있었다. 지금껏 동학東學에서 성현의 가르침과 글쓰기에만 전념해온 정한주는 아내의 얼굴을 마주한 후에 다른 세상이 있다는 것을 알게 됐다. 아내의 아름다움을 통해 만난 세상은 화려한 미사여구로 치장한 성인의 언어나 교훈으로는 결코 도달할 수 없는 경지였다. 그는 단 한순간도 아름다운 아내 곁을 떠나고 싶지 않았다.

그 다음 날, 친가에서는 정한주가 장원급제를 했다는 기쁜 소식까지 날아들었다. 정한주는 이 세상의 그 어떤 사람도 부럽지 않았다. 세상에서 가장 행복한 사람이 있다면 그것은 바로 그 자신일 터였다. 장원급제를 한 당당한 남자, 세상에서 가장 아름다운 아내를 둔 행복한 남자 정한주는 터질 듯한 기쁨을 안고 친가에 들어섰다. 사람들의 수군거림과 질투, 부러움이 그림자처럼 젊은 부부의 뒤를 따랐다. 정한주는 아내와 함께 사당으로 먼저 가서 조상에게 인사를 드렸다. 그에게서는 진심 어린 감사가 흘러넘쳤다. 이어 할아버지인 정약에게 인사를 드리려고 하자, 정약은 손자며느리의 얼굴을 보고는 깜짝 놀라며 말했다.

"손부가 앞으로 우리 집의 재앙이 되겠구나. 여자의 미색이 지나치게 빼어나면 경국지색이라 하여 나라를 망친다고 했는데, 집안을 망치는 것은 손바닥 뒤집기보다 쉬울 것이다. 우리 집안이 어찌 되려고 저런 요물이 들어왔다는 말이냐?"

정약은 끝내 손자며느리의 절을 거부했다. 외모 때문에 요물이라는 소리를 들은 데다, 인사조차 제대로 하지 못한 채 자리를 뜰 수밖에 없었던 오씨는 방으로 돌아와 숨을 죽이며 가늘게 울었다. 정한주는 시간이 지나면 해결이 될 거라고 말하며, 그저 마음이 상한 아내를 위로하는 수밖에 없었다. 그러나 오씨에 대한 정약의 미움은 시간이 지날수록 깊어졌고, 오씨의 수심도 나날이 짙어졌다. 유일한 위안이 있다면 변함없는 남편의 사랑이었다.

경신환국庚申換局이 일어났다. 정권이 바뀌면서 정세는 요동쳤고 피바람이 불었다. 일찍이 딸을 숙종의 곤비에 앉혔던 권세가 오정창도 예외는 아니었다. 오정창은 역모에 연루되어 가혹한 시련을 겪게 됐다. 그러자 정약은 이런 불행이 온 것이 모두 오씨의 미모 때문이라면서 오씨를 내치라고 손자에게 당당히 명했다. 역모 사건에 자신의 가문이 조금이라도 연루될까 봐 전전긍긍했던 것이다. 다른 가족도 모두 가문을 위해 아내와 헤어지라고 정한주에게 밤낮으로 요구했다.

'아, 내 문제였다면 좋으련만!' 그는 가문을 운운하는 가족 앞에서 더 이상 고집을 부릴 수 없었다. 결국 아내에게 잠시만 떨어져 지내자고, 꼭 그녀를 데리러 가겠다는 기약 없는 약속을 했다. 반강제로 시집을 떠나게 된 오씨는 귀양을 가게 된 아버지를 모시겠다고 길을 나섰다. 세상에서 버림받은 두 영혼을 무력하게 바라볼 수밖에 없었던 정한주는 마지막 만남이 될지도 모른다는 생각에 아내를 뒤따랐다. 걸음은 더디고 날은 짧았다. 하지만 한마음으로 부지런히 아내의 뒤를 따랐던 그는 끝내 아내와 만날 수 있었다. 그들은 감격스러운 재회를 했다.

그러나 오정창은 유배지인 진도로 가는 도중에 다시 끌려갔고, 아버지와 함께 귀양지로 향하던 오씨는 다시 홀로 남겨지게 됐다. 의지가지 하나 없게 된 오씨는 남편에게 자기를 버리지 말라고 눈물로 호소하며 간절하게 부탁했지만, 그는 쉽사리 대답을 하지 못했다. 그야말로 세상에 홀로 남겨진 듯한 외로움과 고독감, 서러움에 괴로워하던 그녀는 끝내 남편이 잠든 사이에 목을 매어 스스로의 삶을 마감했다. 남편의 뒤늦은 후회와 뜨거운 눈물도 그녀를 구할 수는 없었다.

가문을 위해 아내를 내쳐야 한다는 정씨 가문, 끝내 그 말을 거역할 수 없었던 젊은 남편 정한주의 삶은 해피엔드였을까? 정한주는 장원급제를 했지만, 높은 벼슬에는 오르지 못하고 일찍 죽었다고 한다. 정한주의 불행, 그의 짧은 삶에 대해 사람들은 이런저런 해석을 내놓는다. 어떤 이는 아내를 너무나도 그리워한 병이라고 말했고, 또 어떤 이는 부인의 혼백이 그를 데리고 갔다고 말하기도 했다.

옛사람의 이야기와 기록에서 발견되는 것은 끝내 외로움과 고달픔 속에서 죽음을 선택할 수밖에 없었던 그녀에 대한 동정보다는, 높은 벼슬도 해보지 못하고 짧은 삶을 살았던 정한주에 대한 안타까움이다. 심지어 오씨의 혼백은 끝내 자신의 청을 거절한 남편을 죽음의 저편으로 데려간 차가운 영혼으로 기억되기도 한다.

아무도 가지지 못한 아름다운 외모를 타고난 오씨의 복福, 선녀처럼 아름다운 아내를 얻은 정한주의 복. 탐낸다고 해서 아무나 가질 수 없는 축복을 가진 미인의 복은 사람들의 입에서 화禍로 변했다. 사람들의 입에서 미녀는 요물이 되기도 한다. 오씨의 이야기 속에서는 아무도 가지지 못한 미모를 가진 여인, 그 미모의 여인을 차지한 남성의 불행을 바라보는 동경과 두려움의 시선이 엇갈린다.

너무 아름다워서

역사와 소설에서 기록한 여인 황진이黃眞伊는 조선 중종 때 황 진사의 서녀로 태어났다고 알려져 있다. 태어날 때부터 범상치 않았다는 그녀에 관해서는 많은 이야기가 전한다. 규방에서 자란 황 진사 댁의 고운 아가씨는 뜻밖의 사건으로 기녀의 길을 선택하게 된다. 그녀를 한 번 보고 반한 이웃집 청년이 죽음에 이르게 되었다는 소문을 들은 황진이는 주변 사람들의 만류에도 청년의 상여에 저고리를 벗어주었다. 그제야 상여가 떠나는 생생한 경험을 한 그녀는 아름다움이 축복에만 머무르지 않는다는 것을, 때로는 누군가를 죽음에 이르게 하는 형벌이기도 하다는 것을 깨달았다.

그녀가 처음 태어났을 때 방에서 사흘이나 기이한 향기가 났다고 한다. 진이는 자라면서 용모가 빼어났으며 글도 잘했다.

그녀가 열대여섯 살 정도가 되었을 때, 이웃의 한 청년이 우연히 보고 좋아하여 가까이하려고 했지만 뜻을 이루지 못했다. 결국 이 때문에 병이 나서 죽고 말았다. 상여가 진이의 집 앞에 이르자 도무지 움직이지를 않았다. 청년이 병이 났을 때부터 이미 그의 집에서는 알고 있었기 때문에 사람을 시켜 진이의 저고리를 달라고 간청했다. 이 저고리를 관 위에 덮어주자 비로소 상여가 움직였다.

– 김택영金澤榮,《소호당문집정본韶濩堂文集定本》[4]

　태어났을 때부터 기이한 향기가 감싸고 있었다는 그녀는 다른 기녀와 달리 화려한 옷을 입거나 크게 치장을 하지 않았지만, 그 아름다움은 비교할 수 없을 정도였다고 한다. 황 진사 댁 깊은 규방에서 배운 말솜씨와 글재주는 그녀의 아름다움을 지속시키는 비결이 됐다.

　황진이의 미모와 재능을 알아본 사람 가운데 개성 유수留守였던 송 공宋公이 있었다. 개성에 부임하여 처음 맞이하는 명절이 되자, 그의 아랫사람들은 사람들을 초대하여 작은 연회를 베풀었다. 풍류라면 빠지지 않았던 그는 황진이의 자태를 보고 대번에 범상치 않음을 알아챘다. 그는 자기도 모르는 사이에 내뱉었을 것이다. '명불허전'이라는 찬사를 말이다. 그의 이 찬사는 참담한 사건으로 이어졌다. 이들을 몰래 엿보았던 송 공의 첩실은 머리를 풀어헤친 채 문을 박차고 뛰어나갔다가 되돌아오기를 반복했다. 당연히 명절 연회는 엉망이 되어버렸고, 손님들도 황망히 자리를 뜰 수밖에 없었다.

　진이는 외모와 재주가 세상에 빼어난데다 노래가 절창이어서 사람들이 선녀라고 칭송했다. 개성 유수 송 공이 갓 부임했을 때 마침 명절을 맞게 되자, 낭료郎僚들이 관아에서 그를 위해 작은 연회를 열어주었다. 진이 또한 그 자리에 나타났는데 자태가 어여쁘고 행동도 더없이 세련되어 보였다. 송 공은 풍류가 있는 사람이라, 진이를 보고 보통이 아니라는 것을 알았다. 좌우에 있는 사람들을 돌아보며 말했다.

"명불허전이로다!"

송 공의 첩실 또한 관서關西의 명물이었는데, 문틈으로 이 장면을 보고 말했다.

"과연 절색이구나. 아! 나는 끝났구나."

그러더니 소리를 지르고 맨발로 머리를 풀어헤친 채 문을 박차고 뛰쳐나가기를 반복했다. 송 공이 깜짝 놀라서 일어섰고 앉아 있던 손님들도 다 돌아갔다.

— 이덕형李德泂, 《송도기이松都記異》[5]

연회를 망쳐버린 건 황진이의 아름다움과 송 공의 찬사였다. 관서의 명물이었던 송 공의 첩이 황진이를 엿본 후 보인 히스테릭한 반응은 그녀가 가진 아름다움이 따라 하거나 흉내로 가질 수 없는 것임을 보여준다.

우리 옛 소설에서도 다양한 버전으로 그려지는 황진이의 아름다움은 외모에서만 비롯되는 것이 아니다. 널리 알려진 대로 서경덕徐敬德과의 사귐, 여인의 몸으로 금강산 유람을 다녀온 일, 무려 30년을 면벽 수도했던 수도승 지족선사를 파계시킨 일, 이사종李士宗과의 짧은 삶의 나눔은 그녀의 자유분방하면서도 철학이 있는 삶의 한 단면을 보여준다. 이웃 청년의 죽음에서 비롯된 의도치 않았던 기녀로서의 삶, 그녀의 아름다움은 사람들의 부러움과 찬사의 이면에 드리워진 짙은 그림자를 보게 한다. 남성의 이성을 마비시켰던, 여성의 병적인 질투를 일으켰던 지나친 아름다움은 그녀에게서 평범한 삶을 간단없이 빼앗아갔다. 너무 아름다웠기에 오히려 평범한 어떤 것도 제대로 가질 수 없었던 고단한 삶을 마무리하는 순간 그녀는 흔한 장례를 거부했다.

내가 죽으면 천금天衾과 관을 쓰지 말고 시신을 고동문古東門 밖 모래톱에 놓아두어 개미나 여우들이 내 살을 뜯어먹게 하라. 세상 여자들이 진이의 몸으로 경계를 삼도록.

– 김택영,《소호당문집정본》

시신의 살을 차라리 개미나 여우가 뜯어먹게 하라는 그녀의 말에서는 한 청년의 죽음에서 시작된 의도치 않았던 삶의 고단함이 묻어난다. 죽는 순간까지 사람들의 시선이 교차하는 몸, 오랜 시간 동안 수없이 사람들의 입에 오르내려야 했던 그녀의 고달픈 삶이 만져진다.

　주 무왕은 황음무도한 주왕을 정벌하기 위한 명분으로 달기를 내세웠고, 당의 원진은 《앵앵전》에서 "하늘이 미인에게 내리는 운명은 그 자신에게 재앙을 내리지 않으면 반드시 다른 사람에게 재앙이 미치게 하는 법"이라고 말하며 스스로의 비겁한 행위를 변호했지만, 여성이든 남성이든 꽃처럼 아름다운 미인에게 시선과 마음을 빼앗기고 비극으로 마무리되는 이야기는 오늘까지도 부단히 이어진다.

　아름다움은 축복인가, 아니면 형벌인가? 팜파탈로 불릴 만한 아름다운 달기나 포사, 앵앵이나 오씨, 황진이가 피할 수 없었던 고단한 삶의 이유를 타고난 아름다움에 돌려야 하는 것인지, 그녀들을 보고 생각과 마음을 제어하지 못했던 남성에게 돌려야 하는 것인지 궁금해진다. 그녀들이 원하던 것 역시 행복한 삶이었을 텐데 말이다.

裵奴

늙음은,
그냥 자연일
뿐이다

느린
이끌림

4

늙음, 형벌과 축복 사이

노인은, 그냥 자연일 뿐이다.
젊은 너희가 가진 아름다움이 자연이듯이,
너희의 젊음이 너희의 노력에 의해 얻어진 것이 아닌 것처럼,
노인의 주름도 노인의 과오로 인해 얻은 것이 아니다.

　　　　　　　　　　　　　　　　　　　　　　　　- 박범신, 《은교》

때로 젊음은 아름다움과 동의어로 읽히기도 한다. 열일곱 살 소녀를 사랑했던 노시인은 아무렇지도 않은 소녀의 싱그러운 젊음 앞에서, 젊음이 노력에 의해 얻은 상이 아닌 것처럼 늙음 역시 과오로 얻은 벌이 아니라는 말을 되뇌며 스스로를 위안해야 했다. 하지만 이런 심리적 위안은 곧 몸의 노화라는 거대한 장벽에 부딪혔다. 온갖 병으로 침몰된 노인의 외모는 무참했다.

　바짝 말라 원래의 골상이 말쑥이 드러나고 검버섯이 잔뜩 핀 이적요 시인의 합죽한 볼과 성긴 백발, 우물처럼 깊은 눈이 떠올랐다. 이를테면 시인은 죽은 육신의 거적을 덮고 유일하게 살아 존재하는 밝은 눈빛을 창유리에 꽂고 있었다.

　　　　　　　　　　　　　　　　　　　　　　　　- 박범신, 《은교》

뙤약볕의 개구리처럼
끔찍하게 마른 사지, 오그라든 젖퉁이
　눈꺼풀은 돌비늘, 눈알을 덮고
　　나무옹이 같은 입

바라보는 것만으로도,
네 젊음을 나에게
쬐끔만 다오, 라는 말을 듣는 듯.

- 황인숙, 〈몽환극〉

생기를 잃고 무너져가는 육체는 죽음을 향해 간다. 늙음은 벌이 아니라는 항변도 시
간 앞에서 무기력하다. 끔찍하게 마르고 오그라든 신체를 가진 한 늙은이가 결코 나
누어 가질 수 없는 젊음을 갈구하는 듯한 눈빛, 그것은 아름다움과는 거리가 멀어 보
인다.

'육신의 거적'처럼 거추장스러운 늘어지고 쭈그러진 피부, 이가 다 빠지고, 허리가
구부러진 모습은 사람들에게 공포의 대상이 되기도 한다. 그래서 서양의 동화와 이야
기 속에서는 할머니가 욕심 많은 노파, 이해심이라곤 찾아볼 수 없는 늙은이로 이해
되기도 한다. 뾰족하게 나온 턱에 기분 나쁜 웃음을 지으며 공포심을 가져다주는 그
녀의 이름은 마귀할멈이다. 늙어간다는 것은 때로 이처럼 두려운 일이다. 모든 사람
이 바라는 장수長壽, 오랜 생生은 축복이지만, 오롯한 축복만은 아니다. 오랜 생에 필
연적으로 동반되는 늙음이 아름다움의 저편에 있기 때문이다.

하지만 청춘이나 젊음이 아니더라도 사람들은 아름다움을 '느낀다'. 겸손, 미덕, 선
량함 같은 미덕은 사람을 아름답게 만드는 근원이 된다. 외적인 아름다움과 무관하게
사람들의 사랑을 받았던 설화 속의 여신과 여인은 다양한 형태의 심미관을 보여준다.
사람을 한눈에 반하게 하는 아름다움은 없었을지 모르지만, 미덕과 자애로움이 그녀
들의 아름다움을 더욱 빛나게 만든다. 시간이 지날수록 상상력과 소문이 보태져서 끝
내 살아 있는 여신이 된 그녀들, 앞으로 소개할 설문대할망, 삼신할미, 마조 등의 여
신이 바로 그녀들이다.

할미들의
향연

젊음, 청춘과는 반대로 '늙음'에 수반되는 어떤 것은 사람의 마음을 서서히 물들이기도 한다. 사람들은 이런 아름다움에 '본질적' 또는 '진정한' 등의 수식어를 덧붙인다. 이것은 어떤 아름다움이 다른 종류의 아름다움으로 분리되는 과정이기도 하다. 경직된 시선을 한 겹 걷어내면 다양하고 깊이가 다른 아름다움을 만날 수 있다.

우리 신화 가운데는 '할머니', '할미', '할망' 등의 이름을 가진 여신이 많다. 삼신할미, 개양할미, 수성할미, 다자구할머니, 설문대할망, 마고할미, 세경할망, 영등할망 등이 그 주인공이다. 때로는 여러 이름이 한 여신을 칭하기도 한다. 이름에서 짐작할 수 있는 것처럼 그녀들은 나이 든 여인이다. 혹자는 '할머니'는 '한어머니'의 뜻일 뿐 할머니는 아니라고, 따라서 여전히 아름다운 여신,

성모聖母라고 부연하기도 한다. 그러나 이런 설명에도 우리에겐 할미나 할매의 형상으로 각인되어 있다. 어원까지 분석하며 그렇듯 자세히 설명을 해도 사람들은 그녀들이 말 그대로 할미일 것이라고 말하고, 기억한다.

사실 할미라고 해서 아름답지 않은 것은 아니다. 아름다움이 젊음 위에서만 성립하는 것은 아니기 때문이다. 앞서 왕필이 말한 것처럼 아름다움이 마음으로 즐기는 것과 같은 맥락에서 이해될 수 있는 것이라면, 우리 신화 속의 할미와 할망에게서는 따뜻하고 잔잔한 아름다움의 한 자락을 발견할 수 있다.

순박한 거인 여신, 설문대할망

가난했지만 당당하면서도 수줍었던 거인 여신

1만 신들의 고향 제주도濟州島. 이름과 성격, 내력이 서로 다른 신들이 모여 사는 제주는 여신의 땅이기도 하다. 척박하고 제한된 환경에서 살아남아야 했던 사람들의 이야기가 담긴 제주 신화에는 조용하고 예쁜 여신보다는 당차고 씩씩한 여신이 많다. 자청비, 가믄장아기, 백주또 등 젊고 개성 넘치는 여신 중에서도 결코 존재감을 잃지 않는 나이 든 한 여신, 그녀의 이름은 '설문대할망'

제주도 섭지코지(위)
제주도 한라산의 물장오리(아래)

이다.

아름다운 섬 제주도의 곳곳에 설문대할망의 흔적이 남아 있지만, 그녀에 대한 흥미진진한 서사는 찾아보기 어렵다. 할망의 이야기는 그저 몇 개의 행위담으로 남아 있을 뿐이기 때문이다. 할망이 이런저런 일을 했다는 담백한 이야기뿐이지만, 신화의 속살을 들여다보면 설문대할망에 대한 사람들의 사랑과 친근감을 읽을 수 있다.

제주도에 빛과 어둠이 번갈아들던 때에 거인 할망이 있었다. 거대한 몸을 가진 그녀는 부지런히 세상을 창조했고, 제주도의 많은 곳은 그녀의 손길을 거쳐 만들어졌다. 그녀가 퍼 나르던 흙이 떨어져 한라산이 됐고, 그 사이에 떨어진 작은 흙덩이가 오름이 됐으며, 그녀가 눈 오줌이 변해 해협이 됐을 정도로 엄청난 위력을 가진 여신이었다. 제주도를 다리 사이에 두고 빨래를 했다니, 얼마나 큰 거인이었을지 상상이 된다.

여신이지만 할망은 흔히 신이 인간에게 하는 것처럼 위압적이거나 혹독한 존재는 아니었던 것 같다. 어느 날 사람들이 할망에게 육지까지 닿는 다리를 놓아달라고 요구했다. 할망에게 연륙교를 만드는 건 결코 어려운 일이 아니었을 테지만, 그녀는 선뜻 대답하지 않고 뜻밖의 제안을 했다. 명색이 여신인 할망은 사람들에게 속곳 한 벌을 만들어달라고 요구한 것이다. 섬사람들은 그녀의 속곳을 만들기 위해 명주 100통을 모으는 작업에 돌입했다. 명주 한 통이 50필이니, 할망의 속곳 한 벌을 위해 무려 5000필이나 되는 엄청난 명주가 필요했던 것이다. 하지만 사람들은 99통밖에 모으지 못했고, 그녀의 속곳도 완성되지 못했다. 결국 제주도는 끝내 섬으로만 남게 됐다.

설문대할망에 얽힌 또 다른 이야기가 있다. 설문대할망에게는 설문대하르방이라는 배필이 있었는데, 거인 부부는 늘 먹을 게 부족해서 굶주렸다. 어느 날 하르방은 할망에게 좋은 생각이 있다면서 자기가 고기를 몰아올 테니 섬 가장자리에서 다리를 벌리고 앉아 있으라고 했다. 하르방이 양물을 흔들어 만든 거대한 물살에 떠내려온 물고기들이 할머니의 자궁 안으로 빨려들어갔고, 그렇게 잡힌 고기는 거인 부부의 식사가 됐다.' 그녀가 앉았던 자리는 그녀의 커다란 몸에 눌려 절벽이 되었고, 하르방이 만들었던 거대한 파도의 흔적은 여전히 남아서 밀물과 썰물이 드나들 때마다 기이한 아름다움을 보여준다. 그들이 배고픔에 내몰려 고기잡이를 하던 신화적 공간은 아름다운 절경으로 남아 있다. 설문대할망이 다리를 벌려 고기를 잡던 그곳이 바로 영화나 드라마의 배경으로 자주 소개된 섭지코지다. 사람들은 거인 노부부의 삶의 한 자락을 보여주는 그곳을 설문대코지라고 부르기도 한다.

큰 키 하나는 자신 있었던 할망은 키 자랑하기를 좋아했다. 사람들이 용연의 물이 깊다고 하자, 할망은 용연에 발을 담갔다. 용연의 물은 겨우 할망의 발등에 와 닿았다. 홍리의 물이 깊다는 말을 들은 할망은 다시 발을 넣었는데, 이번에는 할망의 무릎까지 차올랐다. 어느 날 한라산에 있는 물장오리의 물이 깊다는 얘기를 듣자, 할망은 다시 그곳에 발을 넣었다. 그런데 어찌 된 일인지 발은 계속 깊이 빠져들어갔다. 할망이 누군가! 제주 앞바다에서 빨래를 하던 거인이 아닌가. 할망은 계속 깊어지는 걸 알면서도 발을 빼지 않았다. 할망의 발과 무릎을 삼킨 물장오리는 끝내 할망을 완전히 삼켜버렸다.[2]

바다도 아닌, 섬 가운데 있는 한낱 호수에 빠져 죽은 것이다. 사람들은 할망이 키 자랑을 하다가 물에 빠져 죽었다고도 하고, 한편 500명이나 되는 아들에게 먹일 죽을 끓이다가 솥에 빠져 죽었다고도 한다.[3] 사람들은 할망의 죽음을 부정하지 않으면서도, 신이기 때문에 절대 죽었을 리 없다고도 말한다. 한라산 꼭대기에 있는 물장오리의 마르지 않는 물, 거인인 설문대할망을 완전히 삼켜버린 그 물은 그녀의 영원한 현존을 말해주는 살아 있는 증거다.

섬이 된 그녀를 위한 노래

여신이지만, 삶의 속살을 그대로 보여주었던 여신의 자취는 지금도 제주의 한라산과 오름, 골짜기와 기암에 남아 있다. 제주 사

람들의 삶은 할망이 남긴 흔적 위에서 피어나고 진다. 시인 문충
성은 〈설문대할망〉에서 거인 여신 설문대할망의 삶을 이렇게 노
래했다.

1

처음 하늘과 땅이 열리던 날에

제주 바다 생겨나고 그 바다 한가운데

불꽃 섬 하나 제주섬 솟아나고

이 섬에 설문대할망이 살았네

설문대할망은 이 섬을 이 세상 제일가는

낙원으로 만들 결심하고

평평한 섬이 보기에 즐겁지 않았네

설문대할망은 치마폭에 흙을 담아

제주섬 한가운데 산 만들기 시작했네

치맛자락 터진 구멍으로 졸졸졸

흘러내린 흙 모아져 여기저기

오망조망 오름들 생겼네

(…)

3

오백 아들 키우려니 설문대할망은

속곳 없는 단벌 치마저고리만 입었네

무명으로 속곳 한 벌만 지어주면 설문대할망은

제주섬에서 한반도까지

다리를 놓아주마 섬사람들과 약속을 하고

제주섬 사람들은 다른 세상 보고파서

모두 좋다 무명이란 무명 다 모아

무명으로 속곳 만들기 시작했네

제주 바다 건너면 어떤 세상 있을까

무릉도원 이어도여 이어도가 있을까

가난한 섬사람들 무명 한 통이 모자라

모으고 모으고 섬 안에 있는 무명 다 모아도

마침내 설문대할망 속곳 못 지어냈네

제주 바다 건너가는 연륙의 꿈은 산산산

가난하게 깨어져 절해고도

제주섬은 영원히 섬으로 남아

가난과 한숨의 땅이 되고 설문대할망은

한라산 베개 삼아 누워

제주 바다에 두 발 담그고 참방참방

모진 세상살이 파도도 지어내고

그 세파 이겨내는 인내심도 길러내고
설문대할망은 아무리 가난 가난해도
아들 오백 키우며 섬사람들과 더불어
행복하였네 눈물은 어디서 오나
눈물의 깊은 세상 사랑에서 오느니
만물을 사랑하면 만물로부터 되레
사랑받는 서러운 이치도 가르치고
한숨은 지친 몸 모진 고통 이겨내느니
설문대할망은 한숨 쉬는 법도 가르치고

4

설문대할망은 키 큰 자랑 은근히 하고
한라산 물장올이가 끝 간 데 없다고
섬사람들은 설문대할망에게 귀띔하였네
그렇게 깊다던 용연도 발목에 차고
서귀포 서홍리 홍리 물도 무릎에 찼으니
설문대할망은 그럼 가슴까지 찰까
한라산 물장올이로 성큼성큼 들어섰네
발목이 빠져들고 다리가 빠져들고 서서히
가슴이 빠져들고 물장올이 푸른 물은

설문대할망 목까지 차올랐네

깊구나 점점 빠져나올 수 없었네

설문대할망은 점점 더 빠져들면서

제주 바다 아득히 끝 간 데

손금 죄 풀어 수평선을 지어내고

한마디 말도 없이 깊이 없는 물장올이

깊이를 만들었네 마침내

설문대할망은 눈물 한 방울로

이 세상 삶과 죽음의 깊이 찾아냈네

(…)

흔들리는 제주섬 지키는 설문대할망은

제주섬 사람들 수천 년 살아온

전설이 되고 바람이 되고 영욕이 되고

이어도를 꿈꾸는 꿈이 되고 노래가 되고

(후략)

높고 낮은 산과 오름으로 이루어진 제주도는 설문대할망 그 자체다. 세상을 창조한 거인 여신이 남긴 일상의 몇몇 행위담은 역으로 삶의 신비로움을 설명해준다. 설문대할망이 흙을 나르다가 한라산과 오름이 만들어졌는데, 때로 지치고 피곤한 할망은 그 한라산을 베고 누워 잠을 청하기도 했다. 그러면 커다란 할망의 발은 찰방찰방 제주도 앞바다에 잠겼다. 가끔 할망은 제주도를 양다리 사이에 두고 바닷물에서 빨래를 하기도 했다. 설문대하르방과 부부가 된 후로는 함께 고기잡이를 했으며, 사람들에게 속곳한 벌을 약속받고는 다리를 놓아주겠다고 약속도 했다. 지금 제주도에는 할망이 빨래할 때 머리에서 떨어진 모자가 남아 있고, 밥을 지을 때 사용하던 솥걸이와 등잔도 남아 있다. 한라산과 호수, 크고 작은 섬과 아름다운 기암괴석은 모두 설문대할망이 남긴 흔적이다.

또한 어떤 전설에서 설문대할망은 죽 솥에 빠져 죽었다고도 한다. 설문대할망에게는 500명의 아들이 있었는데, 심한 흉년이 든 어느 해 500형제가 모두 먹을 것을 구하러 나갔다. 할망은 아들들이 돌아오면 먹을 죽을 끓이고 있었는데, 죽이 잘 만들어지는지 죽 솥을 들여다보다가 그만 빠져 죽고 말았다. 그것을 알 리 없는 아들들은 돌아와서 죽을 퍼 먹었다. 그러다가 막내가 마지막 남은 죽을 먹으려다가 큰 뼈를 발견하고, 어머니가 죽은 것을 알게 되었다. 막내는 어머니가 빠져 죽은 것도 모르고 그걸 먹은 형제들과 함께할 수 없다며 집을 나가 어머니를 부르다가 돌이 되었다. 다른 형제들도 어머니를 그리워하다가 돌이 되었다고 한다. 돌과

죽 솥을 형상화한 연못

설문대할망이 아이를 안고 있는 그림자가 보이는 돌,
제주돌문화공원 소장

바람의 섬 제주도는 설문대할망과 그녀의 아들들이 남긴 흔적으로 만들어진 섬인 셈이다.

그녀가 남긴 애잔하고 살뜰한 삶의 이야기

속곳 한 벌의 대가로 사람들에게 다리를 놓아주겠다는 약속을 했지만 끝내 새 속곳을 얻어 입지 못했던 할망, 배가 고파서 바다에 나가 함께 고기잡이를 했던 거인 부부, 바위를 등잔걸이 삼아 바느질을 했던 할망의 살뜰한 사연은 삶의 한 자락을 보여준다. 거인 여신 설문대할망에 얽힌 이야기는 가난하고 애잔한 우리네 삶의 이야기와 닮았다. 신이지만 굶주림을 피해갈 수 없었던 가난에 닳은 신산한 할망의 삶 이야기가 제주도를 떠받치고 있다. 섬 사람들에게 설문대할망은 가난한 삶과 세파를 이겨내는 인내심, 눈물의 깊이와 삶과 죽음의 의미를 말해주는 여신이다.

'죽음'의 이야기로 끝을 맺은 신화 속 주인공 설문대할망. 그녀는 죽은 후 별도 달도 되지 못했고, 신이 되어 영원을 약속하지도 못했다. 끝내 죽음을 비껴가지 못한 할망은 섬의 일부가 됐다. 신이기에 죽었을 리 없는 설문대할망의 죽음은 사라짐이 아니라 스며듦인지도 모른다. 설문대할망의 일상이 만들어낸 공간에서 섬 사람들은 그들의 일상을 살아간다. 일하고, 혼인하고, 밥해 먹고, 빨래하며 대단할 것 없이 살았던 할망의 일상은 사람의 일상이다.

죽음을 피할 수 없었던, 어쩌면 죽음을 피하지 않았던 할망의 삶은 잘났거나 못났거나 죽음 앞에 평등한 사람들의 유한성을 부단히 일깨워준다. 거대한 여신이 삶으로 남긴 흔적, 설문대할망은 평범한 삶이야말로 신성하다는 것을 넌지시 일러준다.

거인 설문대할망이 남긴 흔적은 푸른 제주 섬 곳곳에 남아 있지만, 거인화생巨人化生 신화(거인이 죽거나 변화하여 천지자연이 형성된다는 이야기)가 설명하는 것처럼 몸의 기관이 흩어져서 변한 것이 아니다. 설문대할망이 흙을 옮기거나, 솥을 걸어 밥을 해먹거나, 오줌을 누거나, 자궁으로 물고기를 잡았던 일상의 부분이 흩어져서 섬을 이루었다.

얼마나 오래 살았을지 가늠조차 할 수 없는 할망에게도 꽃처럼 아리따웠던 시절이 있었을 것이다. 하지만 사람들은 일상을 있는 그대로 보여주고 공유했던 할망의 모습을 기억하고, 추억한다. 할망은 섬사람들의 삶의 터전과 일상을 가능케 한 고맙고 따뜻한 여신이다. 왕필이 아름다움은 마음으로 즐기는 것이라고 풀이한 것을 되새겨본다면, 거인 창조 여신 설문대할망은 아름다움 그 자체다.

생명을 꽃피우는 따뜻함, 삼신할미

삼신할미처럼 많은 이름을 가진 여신이 또 있을까. 아기를 점지해
준다는 삼신할미의 이야기는 설문대할망 신화가 주로 제주도에서
향유되었던 것과 달리 한반도 전역에 널리 퍼진 신화이자 신앙이
다. 아이를 낳고 기르는 일이 하늘만큼 귀했던 옛날, 사람들은 정
갈한 물 한 대접과 금줄을 쳐놓고 할미를 불렀다. 삼신三神, 삼신할
미, 삼신할머니, 지앙할미, 삼승할망, 맹진국할마님, 인간할마님,
이승할마님, 세준할머니 등 할미의 이름은 사투리의 종류만큼이
나 많다.[4]

　아이를 세상에 보내는 것은 가장 범상하면서도 성스러운 일이
다. 사람들은 누군가의 딸이었고 어머니였을 할머니, 세상의 고단
함과 아이를 낳고 기르는 기쁨과 고통을 모두 이해할 수 있다고
믿는 할머니에게 그 막중한 임무를 맡긴 것인지도 모른다. 혹자는
삼신할미의 삼신에서 고귀한 신성神聖과 신성神性을 말하기도 하
고,[5] '삼'을 태胎의 순수한 우리말로 보고 출산을 주관하는 신이라
고 해석하기도 한다.[6] 삼신할미의 이름 가운데 삼신에 대한 연구
와 관심이 이어지는데, 삼신할미의 또 다른 이름이 지앙할미, 맹
진국할마님, 인간할마님 등이라는 걸 생각해보면, 중요한 건 삼신
보다는 '할머니'에 있는 게 분명하다.

삼신할미 이야기 속에는 가난과 고통 속에서 해결책을 모색했던 서민들이 행했던 굿과 서사무가敍事巫歌가 남아 있다. 우리네 삶과 가장 맞닿아 있는 이야기인 셈이다.

할미의 탄생에는 그 이름만큼이나 다채로운 여러 갈래의 이야기가 뒤섞여 있다. 가장 널리 알려진 것은 삼신할미가 명진국 따님아기라는 이야기와 당금아기가 바로 삼신할미라는 이야기다.

'꽃피우기 내기'에서 이긴 명진국 따님아기

여러 가지 죄를 지은 동해의 용왕 따님아기에게 내려진 벌은 죽음이었다. 어미는 딸을 불쌍히 여겨서 죽음 대신 인간 세상으로 귀양을 보냈다. 어미는 인간 세상에서 아이를 세상에 내보내는 귀한 일을 하라며 그녀에게 삼신할미라는 귀한 신직神職을 맡겼다. 그런데 용왕 따님아기는 화가 난 아버지의 호령에 급히 떠나느라 아이를 잉태하는 법만 배우고, 해산하는 방법은 배우지 못한 채 인간 세상으로 내려와 신직을 수행하기 시작했다.

인간 세상에 온 동해의 용왕 따님아기는 아이가 없던 임박사를 따라가서 그 부인에게 아이를 점지해주었다. 아이는 배 속에서 건강하게 무럭무럭 자랐지만 해산하는 방법을 알지 못했던 삼신할미는 난관에 빠졌다. 큰 어려움에 처한 것은 부인과 아기도 마찬가지였다. 고통을 견디다 못한 임박사가 옥황상제에게 하소연을 하자, 옥황상제는 지혜롭기로 소문난 명진국 따님아기를 내려 보냈다.

하지만 먼저 삼신할미 직을 맡고 있던 용왕 따님아기는 이를 받아들일 수 없었다. 아이를 탄생시키는 고귀한 신직을 두고 두 여신이 서로 차지하겠다며 싸우기 시작했다. 이들의 싸움을 지켜본 옥황상제는 이들에게 내기를 제안했다. 두 여신은 이름만 들어도 예쁜 '꽃피우기 내기'를 흔쾌히 받아들였다. 내기의 결과는 명진국 따님아기의 승리였다. 내기에서 이긴 명진국 따님아기는 서천 꽃밭의 생불꽃과 환생꽃을 차지하여, 그 꽃으로 세상의 생명을 꽃피웠다. 이 이야기 속에는 세상의 모든 생명은 하늘의 씨앗에서 띄워진 아름다운 꽃이라는 향긋한 비밀도 담겨 있다.

한편 내기에서 진 용왕 따님아기는 죽은 아기의 영혼을 돌보라는 새로운 신직을 맡게 됐다. 많은 아기를 차지하기 위해 그녀는 아기들에게 병을 내려 데려가기도 하는 심술궂은 할망이 됐다. 사람들은 명진국 따님아기를 삼승할망·생불할망·인간할망 등으로 부르고, 용왕 따님아기에게는 구삼승할망·저승할망 등의 이름을 붙여주었다.

이 이야기에는 모든 삶은 화사하게 피어나고 지는 꽃이라는 향긋한 은유가, 모든 삶에는 시작이 있는 것처럼 마지막도 있다는 투명한 진리가 담겨 있다. 하나의 씨앗으로 시작해 저마다의 꽃을 피우는 세상 모든 사람의 삶, 각기 다른 색과 모양과 향을 가진 생명의 꽃에는 할미의 따뜻한 손길이 깃들어 있다.

삼신할미가 된 당금아기[7]

한편 삼신할미는 바로 당금아기라는 이야기도 전해진다. 서천 서역국(인도)의 당금아기 집, 높은 담장에 열두 대문이 있어 나는 새와 날렵한 쥐도 들어갈 수 없는 굳게 잠긴 곳이 당금아기의 집이었다. 어느 날 소리 없이 열두 대문이 열리는 걸 본 당금아기가 옥단춘과 명산군을 시켜 밖을 살펴보니 한 스님이 시주를 청하며 염불을 외고 있었다. 시주승은 자손을 불어나게 해주는 삼한시준(삼한세존)이 변한 하늘의 신이었다.

비단 공에 수를 놓던 당금아기는 몸단장을 하고 시주승을 맞으러 나갔다. 당금아기의 아름다운 외모에 놀란 스님은 시주 쌀로 당금아기가 먹던 쌀을 요구하고, 날이 어두웠으니 당금아기의 방에서 하룻밤만 신세를 지겠다고 청했다. 우여곡절 끝에 시주승과 동침하게 된 당금아기는 그날 밤 꿈을 꾸었다. 오른쪽 어깨에는 달이 뜨고 왼쪽 어깨에는 해가 떴으며, 세 개의 별이 입 속으로 들어오고, 구슬 세 개가 떨어져 치마 속으로 들어오는 꿈이었다. 그 이야기를 들은 스님은 아들 삼형제를 얻게 될 꿈이라고 말하고는 다시 길을 떠나려고 했다.

시주승에게 떠나지 말라고 애원하는 당금아기에게 그는 박씨 세 개를 주면서, 박씨에서 나오는 덩굴을 따라가면 자신을 만날 수 있을 것이라고 말하더니 사라져버렸다. 당금아기의 배가 불러 온 지 아홉 달째, 부모와 아홉 형제가 돌아왔다. 그들은 혼인도 없이 아이를 가진 당금아기를 용서하지 못하고, 그녀를 죽여야 한다고 입을 모았다. 그들에게 불룩한 당금아기의 배는 재앙이었다. 그러자 다급해진 어머니는 직접 죽일 것이 아니라 돌함에 넣어두면 자연스럽게 죽을 것이라면서, 노기 가득한 그들을 설득했다. 구중대궐에서 비단 공에 수를 놓으며 곱게 자란 당금아기는 하루아침에 미혼모가 되어 가족에게 내쳐진 비참한 신세가 됐다.

어느 정도 시간이 지나 어머니가 돌함을 열어보자, 당금아기는 세 아들의 어미가 되어 있었다. 하늘의 청학과 백학이 내려와 아이들을 보호하는 걸 본 어머니는 당금아기와 세 아들을 데려와 키웠다. 세 아들의 총명함은 누구와도 비교할 수 없을 정도였으나, 그들은 성장하면서 아버지가 없다는 놀림을 받으며 서러워했다. 설움에 가득 찬 아이들을 달래던 당금아기는 문득 스님이 남긴 박씨가 떠올랐다. 박씨 세 개를 심자, 박씨는 하룻밤 만에 마법처럼 끝없이 자라났다. 덩굴을 따라간 곳에는 과연 스님이 있었다.

그런데 스님은 그들을 반갑게 맞아주기는커녕 진짜 아들이 맞는지 보겠다며 황당한 과제를 내주었다. 종이 버선에 물을 한 방울도 묻히지 않고 냇물 건너기, 살아 있는 붕어를 잡아 회를 쳐서 먹고 도로 토해내어 냇물을 살아 있는 붕어로 가득 채우기, 묵은 쇠뼈를 주워 살아 있는 소로 만들어 삼형제가 각기 소 한 마리씩 거꾸로 타고 오기 등 기상천외한 것뿐이었지만, 삼형제가 누구인가. 삼한시준과 당금아기를 부모로 둔 아이들이다. 세 아들은 이 과제를 모두 잘 수행하고, 결국 스님의 아들로 인

석조 삼신할미상
강원도 강릉 대관령박물관 소장

정받는다. 세 아들은 순서대로 태산泰山·한강·평택이라는 이름을 받고, 각각 금강산 신령, 태백산 문수보살, 대관령 당산 서낭신이 됐다. 고귀한 이름과 직분을 받은 세 아들은 어머니에게도 직분을 달라고 간청했다.

그러자 스님은 집집마다 아들딸 낳게 해주는 삼신할미의 직분을 맡겼다. 지금까지도 아이를 세상에 태어나도록 점지해주고 태어난 아이가 무탈하게 잘 자라도록 돕는 것은 그녀의 몫이다. 아비 없는 아이들을 잉태한 죄로 가족에게 냉대받고 죽을 고비를 넘긴 여인, 돌함 속에 갇혀 홀로 외롭게 아이들을 낳은 여인, 구사일

생으로 살아난 후에도 아이들을 정성으로 키운 여인, 아이들이 아비를 잘 찾아가도록 인도한 여인에게 내려진 삼신할미의 신직은 집집마다 생명을 점지해주고 아이가 무탈하게 자라도록 돕는 고귀한 축복이다.

부모의 허락 없이 아이를 잉태하여 가족에 의해 죽음으로까지 내몰렸던 여인, 홀로 춥고 외로운 곳에서 출산한 여인, 아비 없는 자식을 키우며 그들의 소외와 설움을 가슴 깊이 이해했던 여인 당금아기에게 삼신할미의 직분을 준 것은 이 땅의 사람들이다. 세상의 온갖 고통을 온몸으로 겪어내고 눈물의 의미와 깊이를 이해할 수 있기에, 당금아기는 비로소 삼신할미가 될 수 있었다.

할미, 그 평범하고도 성스러운 이름

어떤 지역에서는 명진국 따님아기가 삼신할미라고 하고, 또 어떤 지역에서는 당금아기가 삼신할미라고 한다. 두 이야기의 주인공은 내력도 이야기의 줄거리도 다르지만, 모두 선량한 마음을 가졌다는 공통점이 있다. 지혜로운 명진국 따님아기, 아름답고 용감한 당금아기는 지혜와 용기, 인내로 어려움을 극복해 나간다. 삼신할미가 되기까지의 '과정'에서 그녀들은 인간의 신산한 고통과 눈물을 스스로 겪고 이해한다.

사회적 약자인 여성으로 태어나 고통 속에 삶의 과정을 거치고

난 후 얻게 된 '할머니'라는 호칭에는 이해, 관용, 사랑이 모두 녹아 있다. 약자로 태어나 인생의 고해苦海 속에서 꽃피운 긴 삶이야말로 아이가 없어 고통받는 사람을 이해하는 공감의 원천이다.

삼신할미 이야기를 들으면 세월을 거슬러 올라가는 아득한 옛날을 떠올리게 된다. 헤아릴 수 없는 오랜 세월을 견디며 살았을 할미는 누군가의 딸이었고, 어미였으며, 다시 할미가 됐다. 사회에서 약자일 수밖에 없는 아이의 편을 들고, 그들의 이야기를 들어주는 인정 많은 할머니는 삶의 고통으로 괴로워하는 그 누구도 외면하지 않을 것이다.

명진국 따님아기와 당금아기에게는 꽃처럼 아름다운 시절이 있었다. 하늘에서 재미 동냥을 나온 시주승이 욕망을 제어할 수 없을 정도로 아름다운 여성이었지만, 사람들은 그녀들의 꽃다운 시절을 기꺼이 잊고 주름진 얼굴에 깊은 눈동자를 가진 할미로 기억한다. 사람들의 눈물을, 고통을 언제든 받아줄 수 있는 따뜻하고 인자한 할미, 그들은 가장 아름다운 여신이다.

나이 듦의
잔잔함

세 가지 얼굴의 여신, 마조

중국에는 사람들이 좋아하는 여신 마조媽祖가 있다. 자애로움으로
치자면 관음觀音에도 결코 밀리지 않아서, 실제로 타이완 사람들은
관음과 마조를 떼어서 생각할 수 없다고 말한다. 하지만 마조는
송宋나라의 실존 인물인 '푸젠福建의 임씨林氏'가 실제 모델이라는
점에서 관음과 다르다. 현재 푸젠 지역에서 태어나 타이완과 중국
의 해안 지역, 홍콩 등지에서 널리 숭배되는 걸 생각하면, 어쩌면
이미 관음의 지위를 훌쩍 뛰어넘었는지도 모를 일이다.

마조는 탄생에 대한 설說만도 아직까지 분분해서, 그녀의 탄생
일에 무려 300년 정도의 시간차가 있을 정도다. 마조가 어떤 인물
이기에 사람들이 이토록 마음으로 그리워하고 사랑하는 여신이
되었을까. 사람들은 마조를 이렇게 이야기한다.

소녀의 꿈

아들을 얻기 위해 치성을 드린 임씨 부부에게 찾아온 생명은 딸이었다. 갓난아이는 살아서 태어났지만 한 달이 지나도록 울지 않았다. 하지만 부모는 아이를 잘 거두었고, 그녀에게 '침묵'의 의미를 담은 '묵默'이라는 이름을 붙여주었다. 그녀의 이름은 임묵, 사람들은 그녀를 임묵랑林默娘, 즉 임씨네 침묵 소녀라고 불렀다.

세상에 침묵했던 어린아이는 소녀로 자랐다. 어느 날 정신을 잃은 듯 깊은 잠에 빠져들던 마조는 꿈과 생시를 분간할 수 없는 꿈을 꾸었다.

[마조의] 네 형제는 섬을 오가며 장사를 했다. 어느 날 마조의 손과 발이 의식을 잃은 사람처럼 늘어져 있었다. 그렇게 한참 동안 의식이 없자, 부모는 그녀가 풍질風疾에 걸렸다고 생각하여 급히 마조를 불러 깨웠다. 마조가 깨어나더니 안타까워하며 말했다.

"어찌 제가 형제들을 아무 탈 없이 보호하게 하지 않으셨습니까?"

그러나 부모는 마조가 한 말을 이해하지 못했고, 그 이유도 묻지 않았다.

얼마 후에 형제들이 돌아와 울면서 사흘 전 풍랑이 일어 하늘에 닿을 듯한 파도를 만났다고 말했다. 형제들은 각기 다른 배에 타고 있었는데, 큰형이 물에 휩쓸렸다는 소식을 들었다. 그 이야기를 하면서 형제들은 바람이 불던 때 한 여자가 [배] 다섯 척을 끌고 가자, 파도가 평지처럼 잠잠해졌다면서 당시의 상황을 설명했다. 그러자 부모는 비로소 마조가 혼곤히 잠에 빠진 듯 의식을 잃었을 때, 그녀의 영혼이 형제들을 위해 나갔던 것을 깨닫게 됐다.

－《삼교원류대전三教源流大全》권4 [8]

의식을 잃은 것처럼 잠든 딸을 걱정했던 부모의 염려는 오히려 더 큰 화를 불러왔다. 꿈속에서 풍랑을 만나 어려움에 처한 오빠들을 구해내던 그녀는 부모가 깨우는 바람에 큰오빠를 구하지 못한 채 잠에서 깨어났고, 임씨 부부의 첫째 아들은 결국 돌아오지 못했다.

부처에게 치성을 드려 낳았다는 딸 마조는 물가에 사는 사람들이 갖는 원초적인 두려움을 해소해주는 신통력을 가진 여신이었다. 실존 인물이었던 마조는 우리에게는 잘 알려지지 않았지만 중국과 타이완의 해안 지역에서 광범위하게 숭배되는 여신이다. 어려서부터 신통력이 있어 사람들을 즐겨 도왔다는 마조는 혼인하지 않고 살다가 스물여덟 살의 젊은 나이에 세상을 떠났다고 전해진다. 심지어 열여덟 살로 보는 설도 있다! 후대의 기록에서는 마조가 어려움에 처한 사람들을 돕고 고통에서 구한 공덕으로 대낮에 승천했다고 전하는데, 많은 사람이 그녀의 '승천'을 굳게 믿는다.

마조의 아름다운 사적은 그녀가 세상을 떠난 이후에도 계속됐다. 그녀는 죽은 후에도 종종 붉은 옷을 입고 나타나 험한 바닷길에서 사람들을 안내했다. 사람들은 위험과 위기의 순간에 붉은 옷의 그녀를 만날 수 있었다.

송나라의 노윤적路允迪과 이부李富가 중귀인을 따라서 고려에 사신으로 가는 길에 미주湄州를 지나는데 바람이 심하게 불어 배가 전복될 위기에 처했다. 그런데 갑자기 주위가 밝아지면서 아름다운 기운이 퍼지는데, 어떤 사람이 돛대에 올라가 춤을 추듯이 키를 잡고 있는 것이 보였다. 힘을 쏟은 지 얼마 후에 안전하게 물을 건널 수 있었다. 중귀인은 사람들에게 이유를 물었고, 노윤적과 이부는 [마조의 도움이라는 말을 듣고] 남쪽을 향해 나란히 서서 감사의 절을 올렸다. (…) 그들은 돌아와 조정에 그 뜻을 아뢰고 마조를 영혜부인靈惠夫人에 봉해달라고 조서를 올렸다. 미주에 사당(廟)을 세웠는데, 집집마다 그녀에게 향불을 사른다.

-《삼교수신대전》권4[9]

사람들은 위험에 빠진 타인을 돕고 위로하기를 멈추지 않았던 그녀를 지금도 잊지 못하고, 꽃처럼 향기로운 방년芳年의 나이에 세상과 작별을 고한 그녀를 추억한다. 천상성모天上聖母, 천성성모

天聖聖母, 천후天后, 천후낭랑천비天后娘娘天妃, 천비낭랑天妃娘娘 등의 수많은 봉호와 이름, 곳곳에 세워진 사당, 그 사당에 쉼 없이 타오르는 향불은 그녀에 대한 열렬한 사랑과 숭배의 흔적이다.

'중년'으로 되살아난 푸른 청춘의 마조

눈길을 끄는 것은 마조상媽祖像이다. 중국의 푸른 섬 칭다오靑島, 온통 붉고 화려한 도시 홍콩, 정갈한 마카오, 타이완 타이베이臺北에 있는 천후궁天后宮 가장 높은 자리에 위치한 그녀의 모습은 방년과는 거리가 먼, 중년 여인의 모습이다. 조각한 사람들이 그녀의 나이를 몰라서 그랬던 걸까? 만약 그랬다면 보수 과정에서 고치거나 다시 만들 수도 있었을 것이다. 하지만 그녀는 다시 방년의 모습으로 돌아가지 못했다. 시간과 물질을 투자해 나이를 거꾸로 돌리려는 현대인의 노력과는 반대로, 그녀는 시간을 성큼 앞서갔다. 아이러니하게도 마조는 그녀가 단 한 번도 살아보지 못했던 시간의 모습으로 남았다. 어쩌면 이것은 마조가 중년의 지긋한 나이에 머물러 있기를 바랐던 사람들의 기원 때문인지도 모른다.

사람들의 기원과 그 실천은 나이가 지긋한 조각상을 만드는 데 머무르지 않는다. 사람들은 그녀를 색다른 방식으로 단장했다. 그들은 마조에게 밝은 살굿빛과 검은색, 황금색의 피부를 선사했다. 그 때문에 마조는 세 가지 얼굴색을 가진 여신으로 나타난다. 평범한 얼굴색, 검은색, 황금색 얼굴을 가졌기 때문에 사람들은 그녀를 분면마조粉面媽祖, 흑면마조黑面媽祖, 금면마조金面媽祖라고 한다. 분면, 즉 얼굴에 분을 바른 듯한 어여쁜 얼굴은 인간 세상에서 임씨 부부의 평범한 딸이었던 시절을 보여주는 것이다. 흑면은 그녀가 사람들을 괴롭혔던 두 악귀와 싸웠을 때의 얼굴색이라고 하는데, 때로 어떤 사람은 사람들이 밤낮으로 태우는 향불 덕분에 얼굴이 검어졌다고 말하기도 한다. 금면은 세상에서 인간을 위한 일을 다 마치고 하늘로 올라간 그녀의 얼굴색이다. 전신이 황금으로 덮인 그녀의 모습은 어떤 것도 더럽힐 수 없는 고귀함과 정결함의 결정체라는 사람들의 믿음이 반영된 것이기도 하다.[10]

마조의 얼굴색이 어떠하든 두둑한 턱살을 가진 여신으로 나타난다는 점은 공통적이다. 청춘의 발랄함보다는 진지한 무게감이 마조상을 압도한다. 굳게 닫은 입, 넉넉한 얼굴의 마조는 세상을 굽어보듯 눈을 지그시 감고 있다. 지긋하게 반쯤 감긴 마조의 눈에서 인간 세상의 고통과 신산함이 느껴진다.

태어나서도 울지 않았던 그녀의 닫힌 입은 세상을 떠난 후에도 굳게 닫혀 있다. 그녀의 모습에서는 소녀의 수줍음도 청춘의 파릇함도 찾아보기 어렵다. 후세 사람들이 덧붙인 수십 년의 삶은 아마도 인생의 무게, 고난의 깊이였을 것이다. 청춘의 아름다운 여신이 아닌, 희로애락이 뒤섞인 고단한 인생의 바다를 건너온 그녀

금면마조,
중국 마카오 마조문화촌 소장

분면마조,
중국 칭다오 천후궁 소장

흑면마조,
중국 칭다오 천후궁 소장

앞에 사람들은 비로소 무릎을 꿇는다. 그녀의 앞에서 사람들은 고통의 향불을 사르고, 소원을 담은 촛불을 밝힌다.

희생, 사랑 그리고 연민의 다른 이름

지금까지 남아 있는 후덕한 중년의 마조상은 그녀의 희생이 순간적 충동이 아니라, 사람과 삶에 대한 깊은 이해와 연민에서 비롯했다는 믿음에서 만들어진 것일 테고, 그것이야말로 지금까지도 많은 사람들의 마음을 사로잡고 있는 그녀가 가진 아름다움의 근원이다.

나이 듦의 아름다움, 그것은 늙어감의 숙명 앞에 선 연약한 인간의 체념도 아니고, 가엾은 자기 위안도 아니다. 사람들은 마조가 고해苦海를 건너야만 하는 숙명을 가진 인간을 깊이 이해한다고 생각한다. 꿈속에서 풍랑을 만난 오빠들을 구해내고 험한 바닷길을 가는 사람들을 도와주는 해신海神이었던 마조가 인간의 고통에 깊이 간여하는 여신이 된 것은 인간과 삶에 대한 깊고 넓은 이해에서 비롯한 것이다.

훗날 마조는 해적과 왜적을 진압하고 간신배를 몰아내는 역할도 한다. 어려움에 처한 사람을 모른 척하지 않는다는 소문은 더욱 퍼져 나갔을 것이다. 사람들은 비가 오지 않아도 그녀를 찾았고, 수해水害가 닥쳐도 그녀를 찾았으며, 역병이 돌아 사람들이 죽

마조를 기리는 사당인 천후궁,
중국 칭다오 소재

천후궁 내부,
타이완 타이베이 소재

마조각(媽祖閣), 1488년 건립,
중국 마카오 소재

어갈 때도, 메뚜기 떼가 훑고 지나간 황량한 벌판을 마주했을 때
도 그녀를 찾았다. 마조는 사람들에게 비를 내려주고, 때로는 넘
치는 비를 막아주기도 했으며, 역병으로 죽어가는 사람에게는 치
유의 샘물을 구해 그들을 죽음에서 건져주기도 했다. 심지어 아이
를 갖지 못해 고통받는 여인은 아이를 달라고 그녀의 앞에 머리를
조아리기도 했다.[11] 그녀는 혼인을 하기는커녕 처녀로 죽었는데도
말이다.

마조는 고통과 슬픔에 찬 인간을 아무 말 없이 받아주고 위로하
는 여신이었다. 인간의 모든 고통에 더욱 넓고 깊게 관여하는 고
마운 여신, 더 나아가 사람들에게 건강과 행운을 가져다주는 여신
으로 이해되기에 이른다. 이것이 중국과 홍콩, 마카오,[12] 타이완
의 곳곳에 세워진 그녀의 조각상과 사당에 사람들의 발걸음이 끊
이지 않는 이유다. 그녀의 앞에서 향긋하게 피워지는 향불과 기도
역시 사라지지 않을 것이다.

삶과 더불어 낡아간다는 것은 신산한 삶의 깊이를 이해할 수 있
는 의미이기도 하기에, 사람들은 그들의 가장 깊은 마음을 드러낼
수 있는 것인지도 모른다. 이것이 지금도 사람들이 기꺼이 중년의
마조 앞에 머리를 조아리며 향불을 피우는 이유일 것이다.

어떤 아름다움

세상의 누구든 인간은 태어남과 동시에 죽음을 향해 달려가고, 그 사이에 겪게 되는 질병과 고통, 늙음 역시 인간에게 주어진 피할 수 없는 운명임을 잘 알고 있다. 그럼에도 적어도 나만큼은 그 생로병사의 고통을 피해 가기를 바라는 욕심 또한 갖고 있다. 그래서 결코 가질 수 없는 젊음에 대한 욕망이 젊음에 대한 질투와 갈망을 낳기도 한다. "너희의 젊음이 너희의 노력에 의해 얻어진 것이 아닌 것처럼, 노인의 주름도 노인의 과오로 인해 얻은 것이 아니다"《은교》라는 소설 속 노시인의 말에서 싱싱한 젊음을 대면한 한 인간의 어찌할 수 없는 내면을 읽게 되는 것이다.

외적이고 시각적인 아름다움에는 객관적인 요소가 분명히 있다. 수로부인과 처용의 아내가 그랬던 것처럼 미모는 단번에 사람들의 마음을 빼앗기도 하지만, 때로 그것이 별 영향력을 발휘하지 못할 때도 있다. 설문대할망이나 마조가 그런 경우다. 분명 그녀들도 방년의 꽃다운, 찬란한 시기를 겪었을 테지만, 사람들은 그녀들의 찬란한 시간에 무관심하다.

수로부인, 처용의 아내, 도화랑, 복비 같은 여인은 뭇 신과 사내들을 설레게 했지만, 훗날 많은 사람들은 혼을 빼놓을 정도로 어여쁜 얼굴과 아름답게 단장한 모습, 세상의 모든 아름다운 장신구를 한 몸에 치장한 여인 앞에서 무조건적인 칭송을 멈추었다. 사람들은 아름다운 그녀들을 버려두고 주름진 삼신할미와 넉넉한 중년의 마조를 찾았다.

'아름다움이란 무엇인가'라는 질문은 '인간은 무엇인가'라는 질문처럼 쉽사리 대답하기 어려운 것이다. 하지만 '아름다움'이 유동적인 속성을 가진 것이고, 사람의 마음을 움직이기도 한다는 점에 대해서만은 큰 이견이 없을 듯하다. 소년 왕필이 말했던 '아름다움이라는 것은 사람들이 마음으로 즐기는 것'이라는 간명한 설명처럼 말이다.

헌신의
고결함

조금은 다른 공주님, 바리데기[13]

고통, 아름다움, 괴로움, 행복과 같이 느낌이나 감정으로 알 수 있
는 것은 상대성을 통해 인식되는 경우가 많다. 고통을 통해 행복
을 느끼고, 추함을 통해 아름다움을 인식하는 것인데, 때로 견디
기 힘든 삶의 고통이 치유와 행복으로 나아가는 길잡이가 되어주
기도 한다. 바리데기가 걸어간 삶의 여정이 고통의 승화와 치유의
의미를 가지는 것은 아름다운 처용의 아내가 역신의 마음을 움직
이게 한 것과는 다른 방식으로 진행된다.

버려진 아이, 바리

죽은 자를 천도하는 의례인 〈진오기굿〉, 〈안안팎굿〉, 〈오구굿〉
등을 구연할 때 빠지지 않는 바리데기 서사무가敍事巫歌는 흔한 공

바리공주 민화, 조선시대,
영월민화박물관 소장

주 이야기다. 죽은 자를 위한 자리에 초대되는 공주 바리는 인간의 삶과 죽음의 경계, 가장 고통스러운 그곳에서 사람들을 돕는 여신이다.

바리공주 이야기는 아름다운 왕국 불라국을 배경으로 한다. 불라국의 멋진 임금 오구대왕은 어여쁜 길대부인을 아내로 맞았다. 나라의 대사를 앞두고 복자ㅏ者(점쟁이)인 갈이박사에게 점을 치게 하자, 금년에 혼인하면 일곱 공주를 얻고 다음 해에 혼인하면 세 세자를 얻을 것이라고 말했다. 그러나 자신감이 넘쳤던 오구대왕은 복자의 말을 무시하고 혼례를 치렀다.

젊고 아름다운 부부의 삶은 행복으로 충만했다. 시간이 지나 길대부인이 첫째 아이를 낳았는데, 예쁜 공주였다. 오구대왕은 내심 서운하기도 했지만 부인과 첫 공주를 애지중지했다.

"공주를 낳았으니, 앞으로 세자인들 낳지 못하겠느냐? 귀하게 길러라."

첫째 공주에게는 다리당씨라는 이름과 청대공주라는 별호도 내려주었다. 길대부인은 계속해서 아이를 낳았지만, 번번이 딸만 낳았다. 이렇게 해서 오구대왕과 길대부인은 여섯 공주의 부모가 됐다. 불안해하는 길대부인은 어느 날 밤 꿈을 꾸었다. 대명전 대들보에 청룡과 황룡이 엉켜 있고, 오른손에 보라매, 왼손에 백마를 받고 있으며, 왼쪽 무릎에는 검은 거북이 앉아 있는데, 양 어깨에

해와 달이 돋아 있는 신기한 꿈이었다. 길대부인의 몽사夢事만 듣고도 오구대왕은 기뻐서 어쩔 줄을 몰랐다. 하지만 때가 되어 낳은 아이는 또 딸이었다. 어미인 길대부인도, 아비인 오구대왕도 기쁨이 아닌, 서러움과 슬픔의 눈물을 흘렸다.

기대가 컸던 만큼 실망도 큰 오구대왕은 막내딸을 버리라고 명령했다. 참아왔던 분노와 원망의 표현이었다. 오구대왕의 분노를 안 길대부인은 대왕의 명령을 거부하지 못하고, 이름이라도 지어 보내자고 눈물로 호소했다.

"버려도 버릴 것이요, 던져도 던질 것이니 '바리'라고 지어라."

이렇게 해서 일곱 번째 공주는 버려진 아이, '바리'라는 이름을 얻게 됐다. 아이는 옥함玉函에 담겨져 바다로 떠내려갔지만, 가라앉지 않았다. 아이를 담은 옥함은 멀리까지 흘러가 비리공덕 할아비와 비리공덕 할미가 있는 곳에 가 닿았다. 하늘이 점지한 아이 바리는 부모에게 버림받고, 자식이 없던 노부부의 손에 자라게 됐다. 버려진 아이는 노부부의 살뜰한 사랑을 받으며 지혜롭게 성장했다.

하늘이 내린 아이를 버린 죄, 오구대왕 내외는 같은 날 병이 들었다. 치유할 수 없는 깊은 병이 든 후에야 일곱 공주를 낳을 것이라고 점괘를 내놓았던 복자를 찾았다. 복자는 대왕 부부가 죽을 운명을 피할 수 없다면서, 이미 15년 전에 버린 바리공주를 찾으라는 말도 덧붙였다. 점괘를 들은 대왕은 크게 실망했다. 그러다 까무룩 잠이 들어 꿈속에서 한 동자를 만났다. 동자는 병이 나으려면 동해 용왕과 서해 용왕의 용궁에서 약을 얻어먹거나, 서천서역국에 있는 무장승의 약수를 얻어 마셔야 한다고 말하면서, 다시 바리공주를 찾으라고 말했다.

어렵기는 하지만, 방법을 찾은 오구대왕은 신하들에게 서천서역국의 약수를 가져다달라고 부탁하지만, 어려운 부탁 앞에서 누구도 선뜻 나서지 않았다. 애지중지 곱게 키운 여섯 딸도 죽음을 앞둔 아버지의 간곡한 청을 거절했다. 오구대왕은 그제야 자신이 아무것도 할 수 없는 병든 육신을 가진 나약한 한 인간임을, 거절당한 아픔, 버려진 고통의 깊이나 얼마나 깊은지를 깨달았다. 한 신하의 도움으로 막내딸 바리와 재회하게 된 대왕은 뼈아픈 눈물을 흘렸다.

"딸아, 울음을 그쳐라. 네가 미워 버렸겠느냐? 역정 끝에 버린 것이다. 봄 삼월은 어찌 살고, 겨울 삼삭은 어찌 살았으며, 배고파서 어찌 살았느냐?"

바리공주는 울음을 그치며 대답했다. 바리는 신산한 삶의 흔적을 감추려 하지 않았다.

"추위도 어렵고 더위도 어렵고 배고픔도 어렵더이다."

오구대왕의 처지를 안 바리는 서천서역국까지 가는 먼 길을 떠나겠다고 자청했다. 버려진 아픔, 거절당한 고통을 알기 때문일 것이다. 아무것도 준 것이 없다며 미안해하는 부모에게 배 속에서 길러준 열 달 은혜에 보답하겠다며 먼 길을 떠났다. 이제 겨우 재회한 부모와 다시 이별해야 하는 그녀를 까막까치가 인도했다.

일상에서 건져 올린 치유의 약수

서천서역국까지 가는 길은 짐작도 할 수 없을 만큼 험난했다. 칼산지옥, 불산지옥, 독사지옥, 한빙지옥, 구렁지옥, 배암지옥, 문지옥이 펼쳐져 있었고, 지옥에서는 죄인들이 쏟아져 나왔다. 눈 없는 죄인, 팔 없는 죄인, 다리 없는 죄인, 목 없는 죄인들이 나와 바리에게 매달리며 구제해달라고 애원했다. 바리공주는 그들을 외면하지 않았다. 어리지만 삶의 깊이를 이해하는 그녀는 고통에 신음하는 그들을 위해 극락에 가도록 빌어주었다.

저승에 도착하니 무장승이 그녀를 기다리고 있었다. 무장승은 열두 지옥을 넘고, 모든 것이 가라앉는 삼천리 바다를 건너온 그녀를 칭찬해주기는커녕 길 값으로 나무하기 3년, 삼 값으로 불 때기 3년, 물 값으로는 물 긷기 3년을 요구했다. 이렇게 꼬박 9년을 채운 그녀는 이제 소녀가 아니라, 여인이 됐다. 그러자 무장승은 바리에게 혼인하여 아들을 낳아달라고 요구했고, 그녀는 무장승의 요구대로 그와 혼인하여 일곱 아들을 낳았다. 바리는 그깟 약수 한 병을 구하기 위해 긴 세월을 견뎠다. 때가 되어 그녀가 앓고 있는 아버지를 위해 돌아가겠다며 약수를 요구하자, 무장승은 무심히 말했다.

"그대가 길어다 쓰는 물이 약수이니 가져가고, 베던 풀은 개안초開眼草이니 가져가시오. 뒷동산 후원의 꽃은 숨살이, 뼈살이, 살살이 꽃이니 가져가시오. 삼색 꽃은 눈에 넣고, 개안초는 몸에 품고, 약수는 입에 넣으시오."

보물은 다른 데 있지 않았다. 그녀가 낯선 곳에서 외롭게 나무하고 물 긷던 곳, 그녀의 발이 닿는 모든 곳이 마법의 땅이었다. 부모를 떠날 때는 혼자였지만, 돌아가는 길은 외롭지 않았다. 그녀의 곁에는 무장승과 일곱 아들이 있었다. 지상에 도착하니 부모님의 상여가 나가고 있었다. 바리는 무장승이 일러준 대로 삼색 꽃을 뿌리고 약수를 입에 넣어 부모를 살려냈다. 대왕 부부는 한숨 깊은 잠을 잔 것처럼 다시 환하게 깨어났다.

조금 다른 공주 이야기

환희로 충만했던 옛날처럼 궁전에는 활기가 넘쳤다. 대왕은 바리에게 '원하는 모든 것'을 주겠다고, 나라의 절반이라도 떼어주겠다고 했지만, 바리는 아무것도 요구하지 않았다. 어떤 면에서 바리의 이야기는 다른 공주 이야기와 비슷하지만, 동화에 흔히 보이는 해피엔딩과는 조금 다른 식으로 끝난다. 일곱 번째 딸로 태어났다는 이유로 버려진 그녀는 계모와 두 언니에게 모진 대우를 받았던 재투성이 아가씨 신데렐라, 살해의 위협에 시달리고 버려졌던 백설공주와 다르지 않다. 신데렐라나 백설공주가 끝내 왕자와 결혼해 행복한 삶을 누렸던 것과 달리 바리는 이승의 삶을 기꺼이 포기하고, 오히려 저승까지 가는 사람들의 인도를 자청했다.

다른 공주들은 이승에서의 안락하고 행복한 삶을 보상으로 얻었지만, 바리는 부귀영화를 약속받는 순간에도 그녀가 삶의 여정에서 만났던 사람들을 기억했다. 지옥으로 가는 바다, 피바다, 불바다를 건너며 보았던 사람들의 고통과 신음은 이미 그녀에게 다른 길을 보여주었다. 삶의 깊은 고통을 이해한 그녀에게 결정은 어렵지 않았다. 그녀는 여전히 방울과 부채를 든 채, 지도도 없는 세상의 그 험한 길을 인도한다. 그녀에게 기도하고 노래하는 이 땅의 많은 사람들은 그녀에게 감사를 전한다.

옛사람들은 투명하고 맑은 눈동자와 가지런한 흰 치아를 가진 미인에게 마음을 빼앗기기도 했고, 때로는 관대하고 선량한 마음을 가진 여인에게 아름다움을 느끼기도 했다. 그러나 바리를 향한 사람들의 마음이 보여주듯, 스스로를 희생하고 헌신했던 고결한 마음을 가진 이는 결코 잊지 못한다. 이 시대의 바리로 화한 시인 강은교는 〈너에게〉에서 가엾고 고통에 젖은 모든 '너'에게 이렇게 말한다.

너에게 밥을 먹이고 싶네
내 뜨끈뜨끈한 혈관으로 덥힌 밥 한 그릇

바리는 자기희생과 헌신의 상징이다. 바리는 모든 사람을 위한 만신이 됐다. 사람들은 그녀를 잊지 않고 굿판에 초대하고, 지금 이 순간에도 소설과 시, 연극과 오페라에까지 불러들이고 있다. 신산한 삶의 흔적, 깊은 고통의 뿌리, 지옥의 바다를 힘겹게 건너와 다시 사람들에게 깊고 따뜻한 시선을 보내는 그녀에게서 고마움을, 무엇보다 맑은 아름다움을 발견했기 때문일 것이다.

착한 신선 아가씨, 마고

고대 중국의 여선女仙, 마고

마고麻姑 여신은 중국과 우리나라에 널리 알려진 여신 가운데 하나다. 특히 중국에서 마고는 수많은 신선 가운데서도 남녀노소 누구나 아는 유명한 신선이다. 우리나라와 중국은 '마고'라는 동일한 이름을 공유하고 있고 또한 그녀의 신성성을 인정하기에, 마고를 우리나라에 전해져 흡수된 신선의 하나로 보기도 한다. 중국 진晉나라의 갈홍葛洪이 펴낸 《신선전神仙傳》 〈왕원〉에 등장하는 마고는 아름다운 여선女仙, 그 자체다.

"저 왕원王遠이 말씀드립니다. 오랫동안 인간 세계에 있지 않다가 지금 여기에 모였습니다. 마고께서 잠시 오셔서 말을 나누실 수 있는지요?"

(…)

"저 마고가 재배再拜합니다. 서로 만나지 못한 지 벌써 500년이 되었습니다. 존비尊卑에는 순서가 있다고 하지만 그대를 공경함에는 순서가 없습니다. 오래도록 뵙고 싶었습니다. (…) 심부름하는 자가 찾아왔을 때 곧바로 왔어야 하지만, 그보다 먼저 하늘의 조칙을 받아 봉래蓬萊의 일을 먼저 처리해야 합니다. 잠시 그곳에 들렀다가 곧바로 그대를 만나려 하니 즉시 떠나지는 말아 주십시오."

(…)

마고가 이르자 채경蔡經과 그 집안사람들 모두 그를 볼 수 있었다. 마고는 매우 아름다운 여인으로 나이는 열여덟아홉 살 정도였다. 절반은 올림머리를 했고 나머지 머리카락은 허리까지 닿아 있었다. 무늬가 있는 옷을 입었는데, 비단은 아니지만 햇살처럼 밝게 빛나는 것이 인간 세상에 없는 것이었다.

들어와서 왕원에게 절을 하자 왕원이 그를 일으켜 세웠다. 함께 자리를 잡은 후 음식을 먹기 시작했는데, 금옥의 잔과 쟁반이 끝이 없었다. 음식은 주로 여러 가지 꽃과 과일인데, 그 향이 안팎으로 퍼졌다. (…) 마고가 말했다.

"그대를 만난 이후 이미 동해가 세 번 뽕나무밭(桑田)으로 변하는 것을 보았습니다. 지난번 봉래에 갔을 때 물이 다시 옛날처럼 얕아져서 절반으로 줄어들 듯합니다. 다시 뭍으로 변하려는 것일까요?"

(…)

마고의 손톱은 이 세상 사람의 손톱과 달랐으며, 모두가 새 발톱 같았다.

속세 사람과 다른 사람, 시공간을 자연스럽게 넘나들며 살아가는 그들의 가장 큰 특징은 '시간의 거스름'이다. 왕원에게 만난 지 500년이나 되었다며 잠시 과거를 회상하는 그녀의 외모는 채 스물도 되어 보이지 않는다. 사람들에게 외모는 아름다움을 드러내는 통로이자, 스스로 유한한 인간임을 수없이 깨닫게 하는 일종의 형벌이기도 하다. 하지만 오랜 세월의 흔적을 걷어낸 듯, 열여덟아홉 정도의 젊은 여인으로 묘사되는 그녀는 모든 사람의 꿈인 불로不老의 상징이다. 동해가 세 번 뽕나무밭으로 변하는 것을 보았다고 태연히 이야기하는 '창해상전滄海桑田'은 그녀의 장생長生

을 설명하는 매혹적인 이야기로 남아 있다. 새 발톱과 같은 손톱을 지녔지만, 아름다움이 결코 반감되지 않는 그녀의 외모, 이 세상에서 볼 수 없는 마고의 자태와 젊은 외모는 사람들을 황홀하게 했을 것이다.

마고를 따라 장생불사를 배우려 한다.
사슴을 잡아 잔치를 열고, 상전桑田을 이야기하네.
  — 백거이白居易, 〈마고산麻姑山〉

훗날 영원한 젊음의 화신 마고는 시인에게 무한한 영감을 불어넣어주는 마력의 신선이 됐다. 사람들은 흥겨운 잔치 속으로 마고를 불러들인다. 그녀와 함께 상전桑田의 변화를 이야기하고 싶은 시인의 욕망이 시어詩語 사이에 스며들어 있다.

마음 착한 추녀 아가씨

중국의 도교가 민간을 기반으로 해서 크게 퍼져 나갔던 것처럼, 마고도 사람들의 입에서 입으로 오랜 세월 동안 전해져 내려왔는데, 이렇게 퍼져 나간 이야기는 《신선전》의 기록보다 더 흥미진진하다. 사람들을 황홀하게 할 만큼 아름다운 미모를 가진 여선이 되었지만, 마고가 원래부터 그렇게 예뻤던 것은 아니다. 전해오는 이야기에 따르면 생전의 마고는 진시황秦始皇의 딸로, 천연두를 앓은 후 그 상흔이 온 얼굴을 덮은 추녀 아가씨였다.

마고에 얽힌 전설이 있다. 진시황에게는 딸이 있었다. 얼굴이 온통 마맛자국이어서 사람들은 그녀를 마고라고 불렀다. 마고의 외모는 아름답지 않았지만 그녀는 매우 총명하고 선량했다.

진시황이 만리장성을 쌓을 때, 공사를 빨리 진행하려고 많은 사병士兵을 보내 감독하게 했다. 누구든 게으름을 피우면 채찍질을 피할 수 없었다. 잔혹했던 진시황은 심지어 해를 지지대로 받쳐놓고 해가 지지 않도록 하니, 사흘이 하루와 같았다. 심지어 황제는 딸 마고를 보내 고생하는 그들에게 사흘에 한 끼를 준다는 그의 성지聖旨를 낭독하게 했다. 착한 그녀는 감히 그렇게 하지 못하고, 진시황 앞에 무릎을 꿇고 그들의 노동이 너무 심해서 피골이 상접할 정도이니, 그들에게 은혜를 베풀어 집에 돌아가 가족과 만날 수 있도록 허락해주고, 감독도 느슨하게 해달라고 부탁했다.

진시황은 듣자마자 불같이 화를 내며 소리쳤다.

"이런 불효막심한 딸년 같으니! 내 말도 듣지 않으니, 너를 남겨두어 무엇하겠느냐? 여봐라! 이년의 목을 베어라!"

그러자 참수 집행자들이 그녀를 궁 밖으로 끌어냈는데, 이날이 7월 15일이었다. 그곳의 백성 가운데 이 말을 듣고 마음 아파하지 않는

자가 없었다. 매년 7월 15일이 되면, 사람들은 죽임을 당한 마고 아가씨를 기리는 의식을 행한다.[14]

지금도 중국의 허베이 성河北省에는 마고를 기리는 '마고절麻姑節'이 있다. 마고절의 주인공은 천연두를 앓아 얼굴이 얽은 못생긴 추녀 마고다. 그녀는 진시황의 딸로, 토목공사에 시달리는 사람들의 고통을 차마 보지 못하고 아버지에게 자비를 베풀어달라고 요구했다가 처형된 비극의 주인공이다. 아버지 진시황의 잔혹함에서 빚어진 고통을 나누어 짊어지고자 했던 마고의 고운 마음은 그녀를 세상에서 가장 아름다운 여인으로 남게 했다. 그녀가 처형됐다고 알려진 슬픔의 날은 이제 축제일이 됐다. 이날, 사람들은 술과 떡을 마련해 그녀를 기린다.

또 마고는 마추麻秋의 딸이라는 전설도 있는데, 그녀가 토목공사에 시달리는 사람들을 위해 스스로의 안위를 돌보지 않고 도왔다는 이야기가 전해진다.

마고는 후조後趙 시기 마추의 딸이다. 마추는 잔인함으로 악명이 높았는데, 특히 그는 밤낮으로 성을 쌓게 하고는 인부들을 엄하게 감시했다. 밤낮으로 쉬지 않고 공사를 하다가 닭이 울 때가 되어서야 잠시 쉬게 했다. 마고는 인부들을 쉬게 하고 싶은 마음이 들어서 거짓으로 닭 울음소리를 냈는데, 그녀의 가짜 닭 울음소리를 들으면 모든 닭이 따라서 울었다. 그녀 덕분에 모든 인부가 잠시나마 쉴 수 있었다. 아버지가 이것을 알고는 그녀를 잡아다 매질하려고 하자, 마고는 산속으로 숨어서 끝내 신선이 되어 떠났다.

—《견호비집堅瓠秘集》[15]

토목공사에 강제로 징집된 사람들의 고통을 돌보는 소녀, 많은 사람이 겪는 고통이 자신의 아버지에게서 비롯되었다는 걸 알고는 기꺼이 백성의 고통을 나누어 지고자 했던 소녀는 끝내 아버지의 분노를 피할 수 없어 집을 떠날 수밖에 없었다. 그녀는 아버지를 피해 도망쳐 신선이 되었다고 전해지는데, 그녀가 보여준 헌신과 희생, 보편적인 사랑은 많은 사람들의 숭배로 이어졌다.

사람들을 향한 따뜻한 시선

경치가 아름답기로 유명한 마고산의 비경은 선량함, 상서로움, 여전히 젊음을 꿈꾸는 사람들의 맑은 기도가 어우러져 더욱 빛을 발한다. 도교 서적인《운급칠첨雲笈七籤》에서는 마고산을 도교의 낙원인 복지福地라고 말한다.[16] 젊고 선량한 여선, 상서로움과 장생불로의 기적이 일어나는 이곳은 오랫동안 사람들이 모여들기를 바라는 선산仙山이었다.

마고의 유명한 일화 가운데 하나는 '마고헌수麻姑獻壽'다. 곤륜산에서 열리는 반도蟠桃(3000년에 한 번 열매가 열린다는 선계의 복숭아)의 연회에서 마고가 영지버섯으로 빚은 술을 서왕모에게 바쳤다는 〈마고헌수도麻姑獻壽圖〉의 이야기 덕분에 그녀는 장생불사의 상징일 뿐만 아니라, 장생불사를 나누어주는 길상吉祥한 여선으로서의 매력도 발휘한다. 마고의 선량함은 훗날 재난을 없애주고, 사람들을 편안하게 보호하며, 건강과 장수, 심지어 아이를 보내줄 것이라는 믿음으로 이어졌다.[7] 사람들의 고통을 누구보다 진심으로 느끼고, 그 고통을 덜어내기를 주저하지 않았던 마고에게 사람들은 눈물을 담은 간절한 소원의 기도를 올린다.

길거리의 노파와 아이도 모두 노래하는 착한 마고, 그래서 그녀는 평범한 사람의 창문과 담벼락에서, 또 더위를 식혀주는 부채에서 아무렇지 않게 만날 수 있다. 발그레한 뺨을 가진 그녀의 얼굴에 마맛자국은 더 이상 남아 있지 않다. 마고는 천상의 복숭아와 영지버섯을 손에 든 채 사람들을 따뜻하게 맞이한다.

수백 년을 살았지만, 여전히 아리따운 소녀의 모습으로 남아 있는 마고는 경외와 흠모의 대상이다. 수백 명의 신선 가운데 그녀가 살아남을 수 있었던 것은 선량함과 상냥함 덕분이다. 마고는 가난하고 비참한 사람들을 이해했을 뿐만 아니라, 죽음의 사자인 홍역과 천연두로부터 사람들을 살려내는 치유의 여신이기도 했

〈마고헌수도〉

다. 아버지가 무소불위의 권력을 가진 황제 혹은 대단한 권력자였지만, 그녀는 오만과 자만에 사로잡히지 않고 오히려 가장 낮은 자리에서 고통으로 신음하는 사람들을 적극적으로 돕기를 멈추지 않았다. 마고는 그들의 일상까지 살뜰하게 보살폈기에 사람들이 사랑하는 여선女仙으로 기억되고, 오늘의 삶에서도 여전히 사람들과 만나고 있다.

인간은
늘
변화와 변신을
꿈꾼다

변화 그리고
변신의
비밀

5

무엇인가 다른 것으로 변할 수 있다면! 인간은 늘 변화와 변신을 꿈꾼다. 사람들은 이승에서 이루지 못한 꿈을 다른 사물로 변해서 이루기도 하고, 현실을 탈피하고자 다른 어떤 것으로 변하기를 소망하기도 한다.

'안개가 피어나면 변신을 하고 바람을 피운다'는 불명예스러운 이야기의 주인공인 제우스는 변신의 대명사다. 그는 자신과 사랑을 나누었던 이오를 암소로 만들었고, 스스로 아름다운 황소로 변신하여 여성을 유혹하기도 했다. 부모의 반대로 사랑을 이루지 못한 그리스 신화의 피라무스와 티스베의 영혼은 뽕나무의 붉은 오디 열매로 변했다.

이는 우리나라와 중국도 크게 다르지 않다. 남편을 기다리다가 죽어서 상사목相思木이 된 아내도 있고, 태양과 달리기를 하다가 끝내 목이 말라 죽은 과보가 땅에 꽂은 지팡이는 지상에 뿌리를 깊게 내린 등림鄧林(큰 숲)이 됐다. 사람이든 신이든, 지상에서 이루지 못한 꿈과 사랑은 때로 나무가 되고, 때로는 물고기가 됐으며, 때로는 나비가 되고 새가 됐다.

많은 이야기 속의 변신은 삶과 죽음을 경계로 이루어지지만, 여전히 살아 있으면서 변화하는 신도 있다. 어떤 여신은 아름답게 변화하기도 하고, 반대로 여신에서 괴물이나 마녀로 전락하는 설화 속의 여신도 적지 않다. 아름다움을 과시하다가 뱀의 머리털을 가진 괴물이 돼버린 메두사처럼 말이다. 이들이 본래의 모습과 다른 모습을 갖게 되는 과정에는 흥미로운 이야기가 숨어 있다.

괴물에서
여신으로

서쪽 곤륜산의 여신, 서왕모

중국에는 고대로부터 신성神聖을 침범당하지 않은 위대한 산이 있다. 신선들의 집 혹은 동방의 올림포스라고 부르기도 하는 성산聖山, 첨단의 과학 지식과 언어로도 낱낱이 해부할 수 없는 신비의 장소, 달고 향긋한 샘물인 예천醴泉이 솟고 세상의 언어로 형용할 수 없는 아름다운 못인 요지瑤池가 있는 높은 산, 그 이름은 바로 곤륜산崑崙山이다.

　　고대의 곤륜산은 물의 근원이 되는 곳이자, 해와 달이 빛을 내는 신비한 공간이기도 했다. 숨어 있던 해와 달이 차례로 나와 세상을 비추었고, 개명수開明獸라는 신은 이 산을 위해 기꺼이 문지기 역할을 했다. 세상과 완벽하게 차단된 이곳은 아무나 오를 수 없었다. 고대의 기이한 책《산해경山海經》과 사마천의《사기史記》는 모두 곤륜산의 존재를 증거한다.

곤륜산은 모두가 갈망했지만, 끝내 아무도 오지 못한 곳, 그저 머릿속 상상의 세계와 그림으로만 만날 수 있었던 갈망의 공간이었다. 사람들은 그곳의 신선은 어떠한 모습일지, 예천의 샘은 얼마나 달지, 그곳에 숨어서 빛을 내는 해와 달은 얼마나 눈부실지를 이야기할 뿐이었다.

호랑이 이빨로 휘파람을 부는 신

상상으로만 닿을 수 있는 곳, 이야기로만 오를 수 있는 그곳에는 특이한 신이 살고 있었다. '서왕모西王母'라는 신이었는데, 사람들이 이름에 '모'를 붙인 것으로 봐서 생물학적 성별은 여성이었던 것 같다. 어떤 기록에서는 '사람'이라고 증언하지만, 쉴 새 없이 흐르는 사막인 유사流沙의 언저리에 위치하며 모든 것을 태워버리는 염화산炎火山과 깃털조차 무겁게 가라앉는 약수연弱水淵이 두르고 있는 단절된 곳에 사는 서왕모는 오히려 신에 가까운 존재였을 것이다.

서왕모의 외모를 생각하면, 사람일 것이라는 의심은 단번에 사라진다. 우선 서왕모는 사나운 표범의 꼬리에 무시무시한 호랑이 이빨을 갖고 있었다. 어쩌면 신보다 괴물에 가까운 존재였는지도 모른다. 게다가 세 마리의 푸른 새인지, 아니면 이름이 삼청조三靑

鳥인지 알 수 없는 새가 쉴 새 없이 서왕모를 위해 음식을 날라다 주었다. 사람 같기도 하지만 결국은 사람이 아닌 것, 서왕모는 아마도 그런 존재였을 것이다. 산과 물에 대한 경전인 《산해경》에는 서왕모에 대한 기록이 빠지지 않는다.

> 서해의 남쪽, 유사의 언저리, 적수赤水의 뒤편, 흑수黑水의 앞쪽에 큰 산이 있는데, 이름을 곤륜구崑崙丘라고 한다. (…) 산 아래에는 약수연이 둘러싸고 있으며, 그 바깥에는 염화산이 있어 물건을 던지면 곧 타버린다. 어떤 사람이 머리꾸미개를 꽂고 호랑이 이빨에 표범의 꼬리를 하고 동굴에 사는데, 이름을 서왕모라고 한다. 이 산에는 온갖 것이 다 있다.
>
> – 《산해경》〈대황서경大荒西經〉

> 서왕모가 책상에 기대어 있는데, 머리꾸미개를 꽂고 있다. 그 남쪽에 삼청조가 있어 서왕모를 위해 음식을 나른다. 곤륜허崑崙虛의 북쪽에 있다.
>
> – 《산해경》〈해내북경海內北經〉

사실 서왕모라는 여성성 넘치는 이름을 제외하면 어떠한 여성적 징후도 포착되지 않는다. 그저 서왕모는 인간이 도무지 이르기 어려운 곤륜산에 살고 있는 신들 가운데 하나일 뿐이었다.

불사약을 나눠주는 여신

이렇게 가까이하기 어려운 외모를 가졌지만 서왕모에게는 결코 무시할 수 없는 매력이 있었다. 서왕모는 다름 아닌 불사약不死藥을 지닌 신이었다. 그뿐인가! 서왕모는 불사약을 요청하는 사람들에게 그것을 나눠주기도 하는 친절한 여신이었다. 소문으로만 들었던 서왕모의 친절함은 예羿에 의해 사실로 밝혀졌다.

천신天神인 '예羿'는 하늘에 갑자기 동시에 나타난 열 개의 태양을 처리해준 고마운 신이다. 그가 없었더라면 타는 듯한 뜨거운 태양 아래 세상의 모든 것은 마르고 시들었을 것이다. 험난한 모험 끝에 얻은 불사약을 아내 항아姮娥 · 嫦娥가 훔쳐가긴 했지만, 그는 여전히 영웅이다.

예가 불사약을 서왕모에게 청하여 얻었다.

－《회남자淮南子》〈남명훈覽冥訓〉

중요한 것은 서왕모가 인간을 위해 애쓴 예에게 귀한 불사약을 내려주었다는 점이다. 그 후 예가 서왕모에게서 불사약을 받았다는 소문이 났을 것이다. 불사약을 소유했다는 사실이 부러웠던 사

서왕모 화상석,
중국 산둥 성 박물관 소장

무량사제일폭서벽화상武梁祠第一幅西壁畵像,
중국 산둥 성 자상 현嘉祥縣 무량사武梁祠 소재

람들은 소문의 내용에 따라 호랑이 이빨에 호랑이 눈썹, 뱀처럼 구불구불한 몸을 가진 서왕모를 돌에 그렸다. 머리에 비녀는 꽂았지만, 날카로운 이빨이 있었고, 수염과 눈썹 한 올 한 올이 위로 뻗친 무시무시한 형상이다.(217쪽 참고)

서왕모가 불사약을 나눠준다는 소문이 돌자, 서왕모가 괴물이라는 소문은 서서히 사라지기 시작했다. 호랑이 이빨과 표범의 꼬리가 있다면 또 어떤가. 사람들은 서왕모에게 인간 세계의 어떤 귀부인이 입었을 법한 옷과 관을 입히고 씌우고, 그 앞에서 머리를 조아렸다. 둥글게 늘어진 소맷자락과 높은 오봉관, 풍성한 치맛자락은 우아한 실루엣을 만들어냈다. 음식을 날라다준다는 삼청조 대신 음악에 맞추어 춤을 추는 듯한 비천飛天들이 서왕모의 주위를 맴돌았다. 서왕모는 완벽하게 아름다운 '그녀'가 됐다.

'괴물' 서왕모는 '여신'이 됐다. 서왕모는 수로부인이나 처용의 아내, 도화랑의 미모나 복비의 미소와 향기가 없어도 상관없었다. 불사약을 만들어내는 신비의 능력, 지극하고 간절한 마음으로 구하는 자에게 그것을 선사하는 서왕모는 세상에서 가장 아름다운 여신이었다.

소문은 서왕모를 가장 빠르게 변화시키는 강력한 무기였다. 사람들은 세상의 귀하고 아름다운 것들을 가져다 그녀에게 바쳤다. 세상의 모든 산을 내려다볼 수 있는 곤륜산의 가장 높은 자리에는

보석이 주렁주렁 달리고, 그녀의 머리 위에는 우아하고 화려한 화
개華蓋를 드리워서 뜨거운 태양과 비로부터 그녀를 지켰으며, 크고
화려한 날개까지 달아주었다. 서왕모의 아름다움은 사람과 신들
을 사로잡았던 미모와 달리, 위엄이 서린 아름다움이었다.

사랑을 나누는 아름다운 여신

영웅 예조차 머리를 조아려야 하는 여신, 기품과 위엄이 압도
하는 아름다운 서왕모에게 표범의 꼬리와 호랑이의 이빨이 있다
고 생각하는 사람은 아무도 없었다. 이젠 넘치도록 우아한 그녀에
게 지상의 제왕들이 다가와 찬미를 아끼지 않았다.《한무내전漢武
內傳》에는 눈부시게 빛나는 그녀의 미모 앞에서 넋을 잃은 무제武帝
의 이야기가 담겨 있다.

4월 술진일戌辰日에 무제가 승화전承華殿에서 한가로이 머물고 있
었다. (…) 갑자기 푸른 옷을 입은 여인이 나타났는데, 매우 아름다웠
다. 무제가 깜짝 놀라 묻자, 여인이 대답했다.
"저는 옥녀玉女 왕자등으로 [서]왕모의 심부름으로 곤륜산에서 왔습
니다. (…) 7월 7일이 되면 왕모께서 잠시 들르실 것입니다."
이렇게 말하더니, 홀연히 모습을 감추었다. (…)
7월 7일이 되자 궁전을 정리하고, 대전에 자리를 마련하여 붉은 비

단을 땅에 깔고 백화百和 향불을 피운 후 구름무늬가 놓인 비단 휘장을 친 다음 구광등九光燈을 켜놓았다. (…) 왕모는 전으로 올라가 동쪽을 향해 앉았다. 그녀가 입은 황금빛 옷은 무늬가 선명했고, 그녀의 얼굴은 맑게 빛나 보였다. 영비靈飛의 끈을 늘어뜨리고, 허리에는 [도사道士가 사용하는] 분두경을 차고 있었다. 머리에는 태화계를 하고, 태진영太眞嬰의 관을 썼으며, 봉황 무늬가 그려진 적옥 신발을 신었는데, 나이는 서른 살쯤 돼보였다.

키는 알맞았고 천연의 자태에는 온화함이 가득했으며, 용모가 빼어나게 아름다워 정말 신령스러웠다. (…) [서]왕모는 직접 하늘의 음식을 마련했는데, 몹시 진묘했으며, 풍성하고 진기한 좋은 과일과 자줏빛 영지 등 (…) 좋은 향기가 가득하여 무제는 이를 표현할 수조차 없었다.

무제가 누구인가? 열여섯 살에 왕이 되어 무려 반세기가 넘는 시간 동안 세상을 호령했던 황제, 신선을 갈망해서 동남동녀를 파견하기도 했고, 아름다운 후궁 이 부인李夫人을 잊지 못해 감천궁에 그녀의 초상화를 걸어놓고 밤낮으로 슬퍼했던 로맨틱한 남성이 아니던가. 무제가 '신선'과 '미인'을 끝없이 갈망했기에 사람들은 이야기 속에서라도 무제와 서왕모의 만남을 주선했는지도 모르겠다. 이후에도 서왕모는 흠모할 만한 아름다운 모습으로 나타난다. 도연명陶淵明은 〈독산해경讀山海經〉에서 이렇게 묘사했다.

옥대玉臺에 노을이 지니 아름답다.

왕모는 뛰어난 미인이다.

옥대와 왕모는 천지와 함께 생겨났는데,

언제쯤인지 알 수 없다.

신령스러운 변화는 무궁하고

머무르는 곳은 한 산이 아니다.

술이 얼큰하여 노래를 부르니,

어찌 속세의 말이겠는가?

　　도연명만이 아니다. 후대로 갈수록 서왕모는 많은 사람에 의해 더 곱고 빛나는 여신이 됐다. 사람들은 글과 그림으로 그녀를 찬미했다. 그녀의 손에 들린 반도蟠桃는 꿈의 선과仙果였다. 사람들은 서왕모를 무대 위에 올리고 그림을 그렸다. 필멸의 숙명을 가진 인간은 그녀 앞으로 계속 나아갔고, 그림을 그려 그녀의 산뜻한 선경仙境을 소유하고자 했다. 당·송 시기, 심지어 이민족이 지배했던 원 왕조가 지배하던 시기에도 서왕모는 인기를 잃지 않았다. 오히려 그 반대였다. 서왕모는 사람들이 즐기는 공연의 주인공이 됐다. 오늘날까지도 서왕모는 열렬한 숭배의 대상이다.

남송南宋 시기 방춘년方椿年이 그린 〈요지헌수도瑤池獻壽圖〉는 다양한 버전으로 새롭게 그려지고 있다. 무수히 다시 그려지는 〈요지헌수도〉는 서왕모에 대한 사람들의 믿음과 사랑이 어느 정도인지 보여준다. 천상의 반도를 나눠주는 고운 서왕모는 아름다운 여신이 됐다.

원래 미모의 여신이었던 것처럼

서왕모가 한때 괴물의 모습이었다는 사실을, 사대부들이 그토록 소중히 생각하는 문헌에도 모두 그렇게 기록돼 있다는 걸 알고 있었지만, 그 누구도 괴물 서왕모를 떠올리지 않았다. 불사의 반도가 어디서 연유한 것인지는 알지만, 그녀는 반드시 곱고 아름다운 여성이어야만 했을 것이다. 괴물이 불사의 선물을 줄 리 없으므로 그렇게 좋은 선물을 주는 신선은 괴물일 리가 없다고 생각했을 것이다. 그들은 서왕모의 과거를 완벽하게 망각했다.

황홀한 요지연의 여주인

멀리 중국의 서쪽 끝에서 우리나라까지 전해진 서왕모의 연회, 그 연회에 참석하는 길은 결코 쉽지 않았다. 중국인은 서왕모와 그녀가 나눠주는 반도를 노래했지만, 이 땅에 살던 지식인은 반도보다 요지의 연회에 집중했다. 서쪽에 있는 신비스러운 중국, 그곳에서 다시 서쪽 끝으로 가야만 비로소 서왕모를 만날 수 있다는 소문이 떠돌았을 것이다. 하지만 금지된 것일수록, 어렵다는 소문이 들릴수록 욕망은 더욱 커져갔다. 사람들은 서왕모의 반도에 만족하지 않았다. 그녀가 베푸는 천상의 연회, 요지연瑤池宴에 대한 끊이지 않는 갈망은 '요지연도瑤池宴圖'의 일대 유행을 낳았다. 중국과 달리 해상군선海上群仙이 강조된 우리나라의 '요지연도'는 푸르게 일렁이는 파도를 넘어야 비로소 도달할 수 있는 그곳에 대한 진지한 탐구인 셈이다.

아름다우면서도 친절한 여신, 탐스러운 분홍빛 도는 반도의 주인인 서왕모는 흠모의 대상이었다. 중국의 문헌을 접하고 배웠던 우리의 옛 지식인은 앞 다투어 서왕모를 칭송했다. 조선의 왕들도 예외는 아니었다. 《열성어제列聖御製》(권12, 숙종 편) 〈제요지대회도題瑤池大會圖〉에서는 요지의 연회를 이렇게 그렸다.

요지에서 연회가 열리니 신궁神宮들이 모여든다.
상서로운 안개와 연기가 난간을 두른다.
사립문 밖에 선 선녀들은 쌍봉雙鳳으로 장식하고,
전각 안에 앉아 있는 서왕모는 구룡관九龍冠을 쓰고 있다.

장생의 영약靈藥은 금잔에 가득 차 넘치고,

영원히 늙지 않는 반도는 옥쟁반에 가득하다.[1]

상서로운 안개와 연기가 난간을 둘러싼 신비로운 공간, 사립문 밖에 서 있는 선녀들조차 쌍봉의 화사한 장식으로 치장했다. 구룡관을 쓴 서왕모는 기품과 우아함이 넘치는 모습이다. 그녀는 초대된 손님들에게 영생하는 약과 탐스러운 불사의 반도를 선사한다.

기이한 산과 나무, 거친 파도를 헤치고, 천상을 오가는 준마駿馬를 타야만 도착할 수 있는 요지. 그곳에서 펼쳐지는 연회는 화사함과 불멸의 신비로 가득한 '꿈의 연회'였다. 연회를 연 여주인은 서왕모. 서왕모는 가장 아름다운 모습으로 사람들을 맞이한다. 요지까지 이르는 길은 결코 쉽지 않다. 이곳에 이르려면 세상의 모든 것이 가라앉는다는 무서운 약수와 흐르는 모래인 유사를 건너야 했지만, 모험을 할 만한 가치가 있었다. 조선시대에 이르면 왕실에서 사대부, 백성이 사는 작은 골목에 이르기까지 서왕모는 이미 곱고 아름다운 여신으로 이름을 얻고 있었다.

누구나 한 번쯤은 참석하기를 꿈꾸었던 꿈의 연회, 요지연은 요지라는 신비의 공간에서 열린다. 사람들의 언어와 그림, 상상력으로 미칠 수 있는 공간에 대한 희구와 열망은 요지에 대한 또 다른 해석을 낳았다. 놀 거리가 귀했던 시기, 확대경이 달린 조그만 구

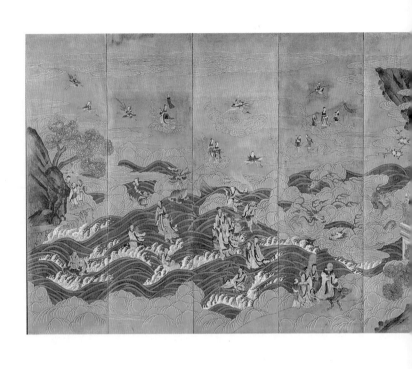

〈요지연도瑤池宴圖〉, 경기도박물관 소장

멍을 통해 그 속의 그림들이 천변만화千變萬化하는 것을 보여주는 장난감을 사람들은 '요지경瑤池鏡'이라고 불렀다. 요지경 속은 온 갖 마술과 기이함, 환상으로 가득한 세계였다. 마치 영원한 젊음과 아름다움을 가진 서왕모의 세계처럼 말이다.

정체불명의 괴물, 아름다운 여신이 되다

서왕모 신화는 아름다움이 다양한 스펙트럼을 갖고 있음을 알려준다. 봉두난발에 호랑이 이빨을 가졌던 서왕모가 아름다운 미모의 여신이 될 수 있었던 것은 서사의 변화에 기인한다. 서사의 변화는 무수히 오갔을 입말 사이에 보태지고 덜어진 크고 작은 '언어'이고, 새롭게 변화한 언어는 사람들의 입을 타고 부단히 변화해갔다. 고대인의 입과 귀는 강력한 미디어였다. 덕분에 기괴하기 짝이 없던 서왕모는 무제의 마음을 빼앗고 사람들의 마음을 들뜨게 하는 아름다운 여신이 됐다. 뭇 남성의 마음을 들썩이던 춘향의 미모를 묘사할 때도 요지의 서왕모는 어김없이 등장한다.

춘향이 할 일 없어 당상堂上에 올라 절하여 뵙는 거동 서왕모 요지연의 주목왕周穆王께 뵈옵는 듯, (…) 무릉도화 일천 점이 다투어 붉었는 듯 요지의 다란화茶蘭花 일만 가지 성개盛開한 듯, 금분모란이 담발澹發하여 봄철을 자랑하는 듯, 지당池塘의 백련일지 세우에 반기는 듯, 벽월璧月이 초생할 때 섬운纖雲이 무적無迹하고, 부용芙蓉이 반개半開한데 서하瑞霞가 방농方濃이라.

–《남원고사南原古詞》[2]

고대의 많은 여신들은 시간의 힘을 이기지 못했다. 그녀들은 시간과 더불어 낡아지고 사라져갔고, 그 자리는 새로운 여신이 등장해 채워졌다. 하지만 서왕모의 자리는 오히려 더욱 견고해졌다. 오랜 시간 동안 그녀가 사람들의 마음을 사로잡은 '어떤 것' 때문일 것이다. 그것은 무엇일까? 괴물이었던 서왕모가 무려 2000년의 시간을 흘러 조선의 왕실에까지 아름다운 모습으로 전해질 수 있었던 것은 그녀가 가진 인간에 대한 선한 마음 덕분일 것이다. 하늘로 가는 길을 잃은 예에게 기꺼이 불사약을 나눠주던 아름답고 자비로운 서왕모는 사람들의 청을 거절하지 않을 거라는 생각과 믿음 덕분에 스스로 황홀한 요지의 연회를 베풀어 영생을 선물하는 아름다운 여신이 됐다.

마녀 또는
괴물이 된
그녀들

마고라는 여선女仙의 흔적을 찾는 것은 어렵지 않다. 중국과 우리나라의 옛 글과 그림에서 흔히 만날 수 있다. 그런데 중국과 우리나라에서 이해하는 정도가 달라서 사람들은 중국의 마고와 우리의 마고가 다른 존재라고 말하기도 한다. 혹자는 개양할미, 다자구할미, 안가닥할무이가 바로 마고할미라고 말하고, 또 혹자는 각자 다른 이름을 가졌으니 개양할미, 다자구할미, 안가닥할무이는 서로 신격이 다른 신이라고 말한다. 마고의 정체성에 대한 논의는 아직도 진행 중이다. 다만 두 문화에서 모두 마고가 '여선'이라는 점, '축성築城'과 관련이 있다는 점, 천연두와 어느 정도 상관성을 가진다는 점으로 미루어볼 때 우리나라의 마고와 중국의 마고가 결코 무관하지 않으리라는 희미한 추측을 가능하게 한다.

선녀에서 마녀가 된 마고

발그레한 복숭앗빛 얼굴

우리 신화 속의 여신 마고는 복잡한 존재다. 우선 중국의 마고 여선과의 관련성에서 시작된 정체성 문제부터 그녀의 성격에 이르기까지 결코 이해하기 간단한 여신이 아니다. 마고 이야기는 우리나라 전역에서 전해지는 흔한 이야기인데, 여기에는 중국의 아름다운 여선에서부터 창조 거인 여신, 못된 마녀의 형상까지 다양한 이야기가 뒤섞여 있다.

마고라는 여신이 처음 소개됐을 때는 장생하는 앳된 얼굴의 여선 모습 그대로 전해진 것으로 보인다. 이후 아름다우면서도 선량한 여선 마고는 신라시대부터 늦게는 조선 후기까지 많은 작가의 입을 통해 그려지고 전해졌다.

> 매번 먼지 같은 세상의 벼슬길에서 당하는 곤경이 한스러웠다.
> 몇 년 동안 마고를 알게 되어 기뻐했다.
> 떠나기 전에 진심을 담아 묻는다.
> 바다의 물은 언제나 말라버리는지를.
>
> — 최치원崔致遠, 〈유별여도사留別女道士〉[3]

봄이 늦도록 마고의 소식이 없이
반도꽃만 어지럽게 날린다.
반평생 풍진 속에 백발이 되니
상청으로 돌아가는 꿈 갈수록 희미해진다.

천태산 높고 높아 하늘에 닿는데
옷자락 날리면서 돌다리를 건넜다.
아름답게 꾸민 궁궐문을 걸어 잠갔으니
요지에 황죽 노래 어이 들으리.

- 홍대용洪大容,《담헌서湛軒書》[4]

용왕이 말하기를 "천태산은 인간 세상에서 멀지 않으니 쉽게 갈 수
있나이다. 다만 마고선녀는 만나기가 쉽지 않을 것이니, 그것이 매
우 염려되나이다" 하고 또 용자를 불러 말했다.

(…)

상서가 다시 물을 곳이 없어 동쪽을 향해 계속 걸어가는데 문득 산
속에서 여자가 흰 사슴이 끄는 옥 수레를 타고 한 손에 천도를 쥔 채
나왔다. 그 여자의 머리털은 눈처럼 희었지만 얼굴은 복숭아꽃처럼
화사했다.

(…)

상서가 이상하게 생각하여 글을 지어 읊으며 나오는데, 골짜기 어귀에서 헐벗은 할미가 청삽사리를 데리고 나물을 캐고 있었다. 상서가 나아가 절하고 물었다.

"천태산이 어디 있나이까?"

"이곳이 바로 천태산이로다."

"그러면 옥포동이 어디 있나이까?"

"그대가 내려온 곳이 바로 옥포동이로다."

상서가 기뻐하며 물었다.

"그러하면 마고선녀는 어디 계시나이까?"

그 할미가 손을 이마에 얹고 가만히 보다가 말했다.

"내 눈이 어두워 그대를 몰라보겠소. 그대는 누구신가? 내가 바로 마고할미로소이다."

－《숙향전熟香傳》[5]

신라시대의 최치원은 마고를 만난 기쁨을, 조선 중기의 장경세는 용이 불러온 여선 마고를 노래했다. 마고는 많은 것을 알고 있는 여신이며, 사람들에게 기쁨과 흠모를 가져다주는 아름다운 여신이었다. 한편 조선 후기의 소설 《숙향전》에서는 눈처럼 흰 백발을 가졌지만 복숭아꽃처럼 화사한 피부를 가진 마고도 만날 수 있다. 소설 속의 마고할미는 백발이지만 복숭앗빛 뺨을 가졌을 뿐만 아니라, 전쟁의 비극 속에 버려진 가련한 소녀 숙향을 돕고, 지극한 마음으로 약초를 찾는 이에게 영생의 버섯을 선물하는 마음 착한 여신이다.

오랜 시간을 지나면서 그녀는 드디어 시간의 흔적을 갖게 됐다. 하지만 눈처럼 흰 백발은 여전히 그녀를 신비스럽고 아름답게 만들었다. 흰 머리 사이로 보이는 복숭아꽃처럼 발그레한 뺨, 한 손에 천도天桃를 쥔 모습은 여전히 눈을 뗄 수 없게 만드는 아름다운 여신이었다. 소녀에서 할머니까지 천변만화하는 모습 속에서도 청춘의 아름다움을 잃지 않았던 그녀는 이후 큰 변화를 겪게 된다.

마귀할미 또는 서구할미

여전히 위서僞書 논쟁 중인 《부도지符都誌》에서 마고는 거인 창세 여신으로 그려진다. 신선, 할미, 창조라는 이미지는 서로 뒤섞여 많은 이야기를 낳았다. 거인 마고는 돌을 나르거나 성을 쌓았다. 때로 마고가 사람들의 꿈에 나타나면 좋은 일이 생기기도 했다. 그러나 어떤 마고는 사람들에게 해악을 끼치는 마녀의 모습으로 나타나기도 했는데, 어찌 된 일인지 시간이 갈수록 마고는 사람들의 이야기 속에서 못된 할미로 각인돼갔다.

마고는 임진왜란 때 왜군에게 의병이 매복한 곳을 알려주어 의병이 몰살되는 비극을 불러온 장본인이며, 버려진 어린 남매 중

여동생에게 가혹한 성 쌓기를 시키기도 한다. 그녀는 자유자재로 변신도 가능하고, 마음 내키는 대로 여성을 임신시키기도, 낙태시키기도 하는 못된 할망이다.[6] 사람들은 못된 짓을 서슴지 않고 벌이는 그녀를 여우할멈, 요괴할멈이라고 부르기도 했다. 가장 널리 알려진 이야기는 강원도 삼척군 《삼척군지三陟郡誌》에 전해오는데, 삼척에는 지금도 그녀의 흔적인 '서구암瑞嫗巖'이 남아 있다.

[삼척시] 북평읍 쇄운리 설운골 입구 취병산 서쪽 백월산 중턱 바위굴 앞에 큰 바위가 있다. 구전 설화에 의하면 '서구'라는 노파가 이 바위 위에 앉아 "나는 귀신의 영혼이라"라고 빙자하면서 사람의 정신을 어지럽혔다고 한다. 그는 미래를 예언하고, 수십 리 밖에서 일어나는 우발사고까지도 알아내며, 자기를 희롱만 하면 해를 끼치는 일이 허다했다고 한다. 손을 모아 무엇인가 기도하면 병을 일으켜 인근 부락의 어린애들을 천연두, 홍역 등 열병에 걸려 죽게 했다. 눈을 번쩍이며 돌을 잡아 주무르면 흙과 같이 가루가 되고 아무리 단단한 물건도 주물러 반죽했다는데, 지금도 암석상에 손가락 흔적이 있다. 일설에는 여우가 늙어 괴물과 같은 인간으로 화신하여 이 같은 장난을 했다고도 한다.

옛날에는 이 길이 정선군을 거쳐 한양으로 통하는 큰길로서 사람들의 내왕이 빈번했으나, 이로 인하여 끊어지다시피 됐다. 상인들은 수십 명 떼를 지어 소나 재물을 많이 바치면 무사히 통과시키고 그렇지 않으면 해를 입혔다 한다. 사람과 말이 걷지 못하도록 발이 땅바닥에 붙어 몇 시간 후에 죽게 하는 흉악한 장난을 하는 고로 관官의 힘으로도 막지 못했다. 노파는 때로 여우나 고양이로 둔갑도 할 줄 아는 마녀였다. 어떤 때는 요염한 여인이 되어 사람을 홀리고, 숫처녀에게 약을 먹여 아이를 배게 하기도 했다. 또 밴 아이를 감쪽같이 떼기도 하며, 간부에게 미력을 주기도 하는 반면, 그들을 임포텐츠로 만드는 기름도 만들 줄 알았다. 생김새도 산발에 낚시코(매부리코)에 기다랗게 앙상한 손톱을 지녔다 한다.

서구는 그 뱃속에 든 담력을 준다는 명분 아래 교간을 일삼았다. 그 마녀가 교간하고 싶은 사나이가 그의 처와 성교하면 손톱으로 바위를 긁으며 질투했다니 그 질투의 크기는 바위에 난 손톱자국으로 입증된 것으로 믿었다. 이 요녀 때문에 이 마을의 모든 것, 화복생사로부터 섹스에 이르는 모든 것이 이 악마성에 말려들어갔다. 이 즈음 마성에 걸려든 쇄운리 일대의 마을을 구제하는 영웅이 탄생했다. 출천의 효자인 최진후崔鎭厚와 힘이 장사이고 덕망이 높으며 문학가인 김면이다. 둘은 의론하기를 "이러한 요물이 장난으로 군민과 행인을 괴롭히니 군자의 부끄러움이요, 용납할 수 없는 일이다" 하고 수십 명의 장정을 동원하여 마녀를 끌어내어 꾸짖고 태형을 가하는 한편, 머리를 300군데나 쑥뜸을 떴다. 마녀 서구는 말하기를 "출천의 효자분이 벌을 주니 반항치 않고 달게 받겠다" 하며 드디어 정신을 잃었는데 며칠 후에 죽었다고 한다. 또는 머리카락(음모) 세 개를 뽑았다고도 하고, 동리의 방앗공이를 떼다가 음부에 박았더니 희희 닥거리면서 죽었다는 설도 있다. 밤에 몰래 침입하여 노파의 엉덩이에 난 기다란 꼬리를 잘랐더니 마력을 잃고 시름시름 죽어갔다고도 한다.[7]

착한 거인 여신에서 마녀가 되기까지

몸집은 크지만 착하고 순박했던 여신이 어떻게 "막하(모두) 내인테 와 가지고 기도드리고 불공 안 하면 너희 자식새끼를 홍역을(천연두란 말야) 시켜 가지고 마카 죽인다"[8]라고 위협을 가하는 여신이 되었을까? 온갖 못된 짓을 일삼았던 요녀의 이름이 '서구瑞嫗', 즉 상서로운 할머니였던 걸 생각해보면, 본래의 서구는 모나지 않은 여신이었다는 걸 짐작할 수 있다.

그런데 어찌 된 일인지 그녀는 이름과는 전혀 어울리지 않는 모습을 갖게 됐다. 그녀는 자기를 희롱한 사람에게 복수하고, 심지어 아이들을 열병을 앓다 죽게 만들기도 했다. 한때 상인을 비롯해 사람들의 왕래가 빈번했던 이곳은 그녀 때문에 점점 황폐한 길이 되고 말았다. 초자연적 방법으로 사람들을 괴롭혔던 서구의 악행에는 관官의 힘도 무력했다. 이런 이유로 사람들은 늙은 서구를 늙은 여우가 변한 괴물일 거라고 생각했다. 산발한 머리에 매부리코, 길고 앙상한 손톱을 가진 그녀는 성性과 생육生育에 관한 일에도 소홀하지 않았다. 처녀를 임신하게 만들고, 사람들에게 담력을 준다고 꾀어서 교간을 일삼기도 했다. 그러니 마을의 어린이에서 노인에 이르기까지 그녀의 손아귀에서 벗어날 수 있는 사람은 아무도 없었다.

하지만 서구암 전설은 반전도 없이 허무하게 끝난다. 제 마음에 들지 않으면 아이든 어른이든 가차 없이 목숨을 빼앗던 서구는 효자인 최진후와 덕망이 높은 김면에게 잡혀 꾸짖음을 받고 죽음에 이르게 된다. 지금까지 그녀의 능력은 마치 신기루였던 것처럼 그들 앞에서 아무런 신통력도 발휘하지 못한다. 심지어 순순히 죽음을 청하는 모습은 갑작스럽고 그녀답지 않다. 신력이 높은 도사도 승려도 아닌 효자에게 최후를 맞이한 그녀의 죽음은 우스꽝스럽기까지 하다. 마을의 대소사는 물론이고 생육生育과 관련된 신비스러운 일에까지 간여하던 그녀는 제대로 한번 싸우거나 반항하지도 않고, 스스로 죽음을 향해 걸어들어간다.

서구에게 순순히 죽음을 받아들이라고 말한 그 '영웅'은 대체 어떻게 신력이 높은 그녀를 무너뜨릴 수 있었을까? 그녀 하나를 끌어내기 위해 수십 명의 장정이 동원됐고, 이렇게 잡아들인 그녀의 머리에 무려 300군데나 쑥뜸을 떴다고 한다. 그러자 서구는 돌연 효자가 벌을 주니 반항하지 않고 달게 받겠다고 말하며, 순순히 죽음을 받아들였다. 생사화복을 간섭하던 여신의 죽음은 이렇게 맥없는 이야기가 되고 말았다.

훗날 많은 연구자는 조선시대의 유교적 가치가 서구를 마녀로 만들었다고 말한다. 그녀를 섬기는 토속신앙과 무속적 가치가 과거의 유교적 가치와 충돌하는 과정에서 이런 이야기로 변화되었다는 것이다. 오랫동안 장수의 여신으로, 사람들의 소원을 들어주는 착한 여신으로 전해졌던 여신 마고는 남성 위주의 사회에서 스스로 방종하고 타락함으로써 사라지는 수밖에 없었다. 서구를 제거한 영웅이 된 효자와 문학가, 그것은 효孝와 문장文章으로 세상을 개혁하고자 했던, 유학을 지고의 가치로 받들었던 남성의 순진한 꿈이었는지도 모르겠다.

때로 꿈에 나타나 좋은 일을 예고해주기도 했던 여신 마고는 남성의 입에서, 유교적 이데올로기에 싸인 남성의 붓끝에서 마녀로 변한 뒤, 살해됐다. '상서로운 할머니', '좋은 할머니'라는 정체성을 잃은 채 순순히 죽음으로 걸어들어가는 마고의 뒷모습이 왠지 서럽기만 하다.

천녀에서 두꺼비가 된 항아

예와 항아의 어긋난 사랑

중국의 '항아공정嫦娥工程'! 우주 강국으로서의 면모를 자랑하는 중국에서는 오래전부터 유인우주선을 달로 보내고 있다. '달나라까지'라는 인간의 태곳적 꿈을 실현시켜준 우주항공 프로젝트의 이름은 중국의 여신 '항아'에서 비롯됐다. 중국에서 쏘아올린 '항아'라는 이름의 인공위성은 오늘도 오롯하게 푸른 별 지구를 바라보고 있다.

항아는 누구인가? 중국 신화의 특징인 산발성, 단편성을 증명이라도 하듯 항아에 대한 문헌 기록은 많지 않다. 그녀에 대한 기록은 여기저기 퍼즐처럼 흩어져 있다.

예羿가 불사약을 서왕모에게 청하여 얻었는데, 항아가 그것을 훔쳐서 달로 도망을 쳤다. 예는 망연자실하여 슬퍼하며 그녀의 뒤를 따라가지 못했다.

- 《회남자》〈남명훈〉

옛날에 항아가 서왕모의 불사약을 먹고, 달로 날아가 달의 정령이 됐다.

-《귀장歸藏》

두꺼비(蟾蜍)로 변하여 달의 정령(月精)이 됐다.[9]

-《회남자》

원본에 남아 있지 않고, 다른 책에 인용되어 간신히 살아남은 문장은 무수히 쓰였다가 또다시 무수히 지워졌던 흔적이다. 이렇게 알뜰히 모아도 항아의 모습을 온전히 그려내기란 여전히 쉽지 않지만, 몇 개의 중요한 단서를 발견할 수 있다. 그녀가 예와 관계가 있다는 것, 불사약을 '훔쳤다'는 불미스러운 절도 사건 이후 달나라로 날아가서 정령이 되었지만, 그 정령은 아름다운 요정이 아니라 흉측한 두꺼비의 모습을 하고 있다는 것이다.

후인들은 이것들을 단서로 이야기를 만들었다.[10] 이야기는 먼 고대, 태양이 열 개였던 때로 거슬러 올라간다. 천제天帝의 아들인 여러 태양은 하루씩 교대로 떠올라 세상을 환하게 비추었는데, 어느 날 열 개의 태양이 동시에 떠오르는 사건이 일어났다. 지상의 초목과 물은 온통 말라버리고, 사람들의 신음과 눈물, 애타는 호소가 천제의 귀에까지 들어갔다. 천제는 궁여지책으로 명사수 예를 불러 태양을 쏘게 한다. 하늘의 명사수였으니, 그가 맞히지 못할 것은 없었다. 하지만 자신의 본분에 너무 충실한 나머지, 태양의 아버지인 천제의 감정은 전혀 고려하지 않고 태양을 쏜 것이 실수라면 실수였다. 그의 출중한 솜씨 덕분에 하늘에는 단 하나의 태양만 남게 됐고, 땅 위에도 평화가 찾아왔지만, 천제의 상한 마음은 쉽사리 누그러지지 않았다. 그는 임무를 완벽하게 마친 예가 다시 천상으로 돌아오는 것을 허락하지 않았다.

지상에 남겨진 예는 크게 개의치 않고 사람들의 부탁을 받아 곳곳을 누비며 괴물을 처치하여 세상의 재앙을 해결해준다. 그는 가장 환영받는 영웅이었지만, 다시는 하늘로 돌아가지 못했다. 그렇다 해도 예의 삶이 그리 나쁘지는 않았을 것이다. 어딜 가나 사람들의 환영받는 영웅인 예는 천상이 아니라 지상에서 비로소 삶의 의미를 찾았을지도 모를 일이다.

중요한 것은 예가 유부남이었다는 사실이다. 예에게는 항아라는 여신 아내가 있었는데, 남편 때문에 그녀도 졸지에 지상에 남겨지게 됐다. 불멸의 여신이었다가 갑작스럽게 유한한 삶을 살게 된 상심과 분노, 충격과 실망이 얼마나 컸을까? 착한 예는 그런 아내를 위해 기꺼이 길을 떠났다. 불사약을 가진 지상의 유일한 여신 서왕모를 만나기 위해, 그는 깃털 하나도 무겁게 가라앉는 약수, 무섭게 불이 타오르는 염화산을 지나 드디어 신들의 성산聖山인 곤륜산에 이른다.

다행히 친절하고 상냥한 여신 서왕모는 고생을 마다하지 않은 예에게 불사약을 건네주는데, 안타깝게도 불사약은 단 하나뿐이었다. 서왕모는 그것을 나누어 먹으면 함께 불사不死할 수 있지만, 혼자 먹으면 다시 하늘로 돌아갈 수 있다는 조언도 덧붙였다.

불사의 영약을 받은 항아가 얼마나 기뻐했을까. 단 하나의 불사약을 받는 순간, 항아는 하늘로 다시 돌아간 자기 자신을 수없이 상상했을 것이다. 결정은 어렵지 않았다.

항아는 예의 아내다. 예가 서왕모에게 불사약을 얻어서 아직 먹지 않았는데, 항아가 도둑질해(盜) 먹고 신선이 되어 달로 도망가 월정이 됐다.

− 《회남자》(고유高誘 주注)

예가 서왕모에게 불사약을 청해 얻었다. 항아는 불사약을 훔쳐(竊) 먹고 달로 달아나기 전에 유황有黃에게 점을 쳤다. 유황이 점을 치고 말했다.

"길하구나! 귀매괘歸妹卦를 얻었으니 홀로 서쪽으로 날아가다가 날이 어둡고 흐리더라도 놀라지 말고, 두려워하지도 마라. 후에는 크게 번창할 것이니!"

항아는 달에 몸을 맡겼는데, 두꺼비가 됐다.

− 장형張衡, 《영헌靈憲》

그녀는 남편이 잠시 집을 비운 사이에 불사약을 훔쳐서 삼켰다. 서왕모의 영약은 거짓이 아니었다. 항아의 몸은 둥실 떠올라 멀리 달을 향해 날아갔다. 그녀를 위해 준비된 곳은 춥고 서늘한 달이 었다. 그래도 하늘의 신(天神)으로 살 수만 있다면! 하지만 항아는 눈치채지 못했을 것이다. 달을 향해 나아가는 그녀의 몸이 서서히 두꺼비로 변하고 있다는 사실을 말이다.

달나라로 간 항아

항아에 대한 기록 가운데, 그녀의 외모에 대한 평가는 찾아보기 어렵다. 항아는 여신이었을 뿐, 그녀의 외모나 분위기에 대한 이 야기는 전해지지 않는다. 어쩌면 이미 두꺼비로 변한 그녀의 외모 에 대해 굳이 평가를 할 필요는 없었을지 모른다.

남편을 배반한 아내에게는 어떤 변명도, 수식도 허용되지 않았 다. 그토록 원했던 '불멸'을 얻었지만, 불멸은 오히려 형벌이었다. 끔찍한 외모로 영원히 외롭게 살아야 하는 형벌! 그녀는 그저 불 사약을 훔치거나(竊) 도둑질한(盜) 질 나쁜 아내, 끔찍하게 못생긴 '두꺼비 정령'일 뿐이다.

한漢나라의 화상석에는 하늘을 향해 날아가고 있는 항아의 모습 이 선명하게 남아 있다. 두꺼비가 있는 둥근 달과 화면에 점점이 박힌 둥근 별, 그 사이를 감싸는 신비로운 운기雲氣는 그녀가 꿈꾸었던 아름다운 천상을 보여주지만, 사람의 다리가 아닌 발, 옷으로도 감춰지지 않는 긴 짐승의 꼬리가 그녀의 수치와 고통을 생생하게 보여준다.

당唐 대의 시인 이상은李商隱은 〈항아〉에서 홀로 달로 날아간 항아가 후회할 거라고 확신했다. 어쩌면 시인은 남편을 버리고 몰래 영약을 훔쳐 먹은 그녀를 용서할 수 없었을 것이다. 그의 신비로운 시어詩語에는 밤마다 깊은 한숨을 내쉬며 후회를 반복하는 음울한 여인 항아가 등장한다.

돌비늘 병풍에는 촛불 그림자 깊고,
은하수 점점이 떨어져 새벽별이 잠긴다.
항아는 영약을 훔친 것을 후회하니,
푸른 바다와 하늘마다 걸린 서늘해진 마음.

달이 그토록 차갑고 외로운 공간이 된 것은 항아 때문인지도 모른다. 영원히 살겠다고 남편을 버린 못된 아내에게 안락한 공간은 결코 허용되지 않았다. 못생긴 두꺼비로 변한 것이 그녀에게 내려진 첫 번째 형벌이라면, 두 번째 형벌은 그런 추한 모습으로 영원히 살아야 한다는 것이다. 차가운 곳에서 외롭고 쓸쓸하게 말이다.

후대 작가들의 붓끝에서도 항아는 좀처럼 여신의 면모를 되찾

화상석의 항아(왼쪽)
현대에 그려진 〈항아분월嫦娥奔月〉, 중국미술관 소장(오른쪽)

지 못했다. 항아는 정말 후회했을까? 그건 누구도 알 수 없다. 다만 분명하게 알 수 있는 것이 있다면 '절도와 배반의 아이콘'이 된 그녀에게 아름다움이나 행복의 수식어는 결코 허용되지 않는다는 사실이다.

여성의 처지에서 보자면, 항아의 행위는 결코 이해할 수 없는 행위만은 아니다. 남편 때문에 불멸의 지위를 박탈당한 채 지상에 남겨지게 되었고, 게다가 원치 않는 유한한 생까지 기다리고 있으니 말이다. 남편도 지상에 남겨지기는 했지만, 남편은 오히려 지상이 더 어울리는 것처럼 보이기도 했다. 세상 곳곳을 누비며 화려한 활솜씨를 뽐낼 수 있고, 사람들에게 영웅 대접을 받으며 행복하게 지내는 것처럼 보였기 때문이다. 그러나 뜻하지 않게 인간과 같은 유한한 생을 살게 된 항아는 아무것도 얻을 게 없었다. 그녀에게 남은 것이라고는 슬픔과 분노뿐이었을 테지만, 그녀의 고통은 고려의 대상이 되지 못했다. 그런데 그것이 절도든 증여든, 소중한 보물을 혼자 차지했다고 남성은 여성에게 형벌을 내렸다. 아름다움을 잃은 채 영원히 추한 모습으로 살아야 하는 잔혹한 형벌을 말이다.

천 년의 형벌을 견딘 아름다운 항아

후대의 지식인조차 항아는 차가운 월궁月宮에서 지내면서 날마다 눈물로 후회할 것이라며 그녀의 처지를 동정했지만, 어느 순간부터 기꺼이 남편을 배반했던 항아를 바라보는 시선에 변화가 생기기 시작했다. 달나라의 차가운 월궁 또는 광한전廣寒殿에 남편도 없이 홀로 살아갈 여인 항아는 많은 지식인의 상상력을 자극했다. 달빛처럼 희고 창백한 피부에 말없이 눈물 흘리는 여인은 얼마나 아름다운가. 남성은 항아에게 내렸던 형틀을 벗기고, 1000년의 시간을 홀로 견딘 여인에게 서늘한 아름다움을 돌려주었다.

> 화장대 앞으로 와서 등 뒤에서 보니,
> 광한전의 항아가 밝은 달 속에 있는 듯.
>
> – 마치원馬致遠,〈한궁추漢宮秋〉

우리나라의 과거 지식인에게도 항아는 아름다움의 대명사였다. 서늘한 매력을 가진 그녀는 아름다운 여인과 동일시되기도 했다. 남편을 버린 죄로 추한 모습으로 외로운 시간을 견딘 그녀가 다시 아름다운 모습을 찾기까지는 1000년이 넘는 시간이 필요했다.

어찌 됐거나 달나라의 안주인이 된 그녀 덕분에 중국인에게 달나라는 낯설지 않다. 그녀 덕분일까, 중국은 오래전부터 우주로 인공위성을 띄우고 있다. 항아라는 아름다운 이름을 가진 위성을 말이다. 흉측한 괴물로 변한 그녀, 항아는 사람들의 이야기 속에서 다시 아름다운 여신으로 되돌아오고 있다.

아름다움에 대한
욕망은 다양한 각도로
표출된다

영원한
아름다움의
조건

6

아름다움에 대한 욕망은 다양한 각도로 표출된다. 스스로 아름다워지기를 원하는 사람도 있고, 아름다운 것을 찾아 추구하는 사람도 있으며, 그것에 탐닉하여 비밀스럽게 간직하고 싶어 하는 사람도 있다. 무엇이 가장 예쁘고 아름다운지에 대한 사람들의 궁금증은 좀처럼 변화하지 않는다. 평범한 검색어 '세상에서 가장 아름다운 사람' 또는 '세계에서 가장 아름다운 얼굴'에 사람들은 여전히 열광한다. 아름다움은 때로 어떤 것보다 강력한 화제가 된다. 그렇다면 순간적인 아름다움을 넘어서서, 영원한 아름다움을 얻는 방법은 무엇일까?

우선 사람들의 고개를 끄덕이게 만드는 아름다운 외모가 있을 것이다. 수로부인, 역신의 춘심을 건드린 처용의 아내, 귀신이 되어서도 잊지 못하게 했던 도화랑, 주왕을 홀린 달기, 유왕을 양치기 소년으로 만든 포사처럼 말이다. 그러나 때로 이런 미모가 아니어도 사람들의 광범위한 사랑을 받는 여신과 여인도 있다. 설문대할망, 마조, 마고, 서왕모 등은 인간에게 조건 없이 베풀었던 사랑 또는 선량한 마음 덕분에 사람들의 마음속에 깊이 새겨지게 되었고, 때로 이런 선량함이 아름다운 모습으로 기억되기도 한다.

하지만 아름답다는 외적 조건이나 선량함만으로 아름다움이 유지되지는 않는다. 그들에게 수천 년, 수백 년이 지나도 영속하는 '미'를 가져다주는 비밀은 따로 있다.

결핍으로
남겨진 욕망 그리고
기억

그 집에 들어서자 마주친 것은 백합같이 시들어가는 아사코의 얼굴
이었다.

(…)

그리워하는데도 한 번 만나고는 못 만나게 되기도 하고,

일생을 못 잊으면서 아니 만나고 살기도 한다.

아사코와 나는 세 번 만났다.

세 번째는 아니 만났어야 좋았을 것이다.

— 피천득, 《인연》[1]

생로병사의 운명을 피해갈 수 없는 인간에게 시간과 함께 시들
어가는 늙음은 꽃처럼 고왔던 삶의 찬란한 순간을 산화시키는 강
력한 힘을 갖고 있다. 오랜 세월 동안 "국민학교 1학년 같은 예쁜
여자아이를 보면 아사코 생각"이 났고, '연두색이 고왔던 우산을

보면 아사코의 앳되고 수줍은 모습'을 떠올렸던, 가장 아름다운 모습으로 남아 있던 아사코는 끝내 작가에게 "아니 만났어야 좋았을 것"이라는 쓸쓸함으로 남겨지게 됐다.

작가는 결코 되돌아갈 수 없는 '시간'이라는 성실함 앞에서 백합처럼 시들어가는 그녀의 얼굴을 보았다. 찬란했던 젊은 시절의 아름다움은 이로써 알뜰히 부서져 내렸다. 너무나 아름답고 향기로웠던 그녀는 현실이 아니라 기억 속에 남아 있었어야만 했다.

결핍이 만든 영원한 아름다움, 이 부인

성城을 기울게 하고, 나라를 기울게 할 정도의 미인이라는 '경성지색傾城之色', '경국지색傾國之色'의 주인공은 한 무제의 마음을 사로잡았던 이 부인李夫人이다. 원래 가희歌姬 출신인 그녀는 가무에 뛰어났던 오빠 이연년李延年 덕분에 황제를 만날 수 있었다. 이 부인이 황제를 만나기 전, 이연년은 여동생을 이렇게 노래했다.

북쪽 지방에 가인佳人이 있어

이 세상 짝할 이 없이 빼어나다.

한 번 눈을 주면 성이 기울고

두 번 눈을 주면 나라가 기운다.

성이 기울고 나라가 기울 줄을 어찌 모르겠는가.

[하지만] 가인은 다시 얻기 어렵다!

-《한서漢書》〈외척전外戚傳〉[2]

타고난 음악가인 그의 가락에 더해진 노래는 무제의 마음을 들썩이게 했다. 무제는 "훌륭하구나! 하지만 세상에 그런 미녀가 어디 있겠느냐?"하며 웃어넘겼다. 이연년이 붙인 가사는 허무맹랑한 거짓이 아니었다. 무제의 누나인 평양공주는 이연년의 여동생이 바로 그녀라고 속삭였다. 이연년의 노래도, 누나의 은근한 귀엣말도 거짓이 아니었다. 그녀는 미모가 신비스러울 뿐만 아니라, 춤도 잘 추는 매력적인 여성이었다. 아름다움으로 무제의 마음을 사로잡은 그녀는 궁중의 꽃이었다. 무제의 넘치는 사랑 속에서 그녀는 황제의 아들을 낳았다.

황제의 간청, "단 한 번만!"

하지만 이들의 사랑은 여기까지였다. 그들의 사랑을 가로막은 유일한 훼방꾼은 이 부인의 짧은 생生이었다. 병들어가는 이 부인을 보면서 가장 안타까워했던 것은 무제였다. 무제는 이 부인이 병석에 눕자 몇 번이나 친히 그녀를 찾지만, 그녀는 황제의 커다란 은총을 스스로 거절했다. 제국의 황제가 그녀가 누워 있는 방 안으로 들어오면, 그녀는 이불을 뒤집어쓰고 얼굴을 보여주지 않은 채 작은 소리로 간청했다.

"신첩이 오래 병석에 누워 있어 용모가 흉하게 야위었습니다. 폐하께서는 부디 창읍왕과 첩의 형제들을 돌보아주시기를 바랍니다."
"부인의 병이 이리도 심하니 아무래도 자리에서 일어나지 못할 것 같소. 부인께서 내게 얼굴을 보여주고 창읍왕과 형제들을 부탁하는 것이 더 낫지 않겠소?"
"부인은 화장하지 않은 얼굴로 대왕을 뵐 수가 없습니다. 신첩은 감히 단장하지 않은 흉한 얼굴로 천자를 뵐 수가 없습니다."

―《한서》〈외척전〉

황제는 곱고 아리따운 그녀의 얼굴을 보기 위해 다시 한 번 간절히 부탁했다.

"단 한 번만!"

그러나 그녀는 그 간절한 황제의 청 앞에서도 고집을 꺾지 않았다. 그러자 황제는 그녀에게 천금을 하사하고, 그녀의 형제들에게 높은 벼슬을 주겠다는 약속을 했다. 이 부인의 대답은 여전했다. 벼슬을 높여주는 건 천자에게 달린 것이지, 그녀의 얼굴을 보는

데 달린 것이 아니라는 대답이었다.

애가 타고 안달이 난 것은 그녀의 형제와 자매들이었다. 천금의 재산과 높은 벼슬은 단 한 번의 얼굴값에 있는데, 황제 앞에서도 강경하게 거절하는 그녀를 이해할 수 없었고, 결국 그녀를 비난하기에 이르렀다. 황제의 부탁이 어려운 일도 아닌데, 왜 그런 간단한 청을 거절해서 황제의 마음을 상하게 하느냐며 목소리를 높였다. 그들은 알고 있었을 것이다. 얼굴을 한 번 보여주는 상으로 돌아오게 될 천금의 재산과 벼슬은 모두 그들의 차지라는 것을 말이다. 그러자 이 부인이 입을 열었다.

내가 천자에게 얼굴을 보이지 않은 이유는 형제들을 단단히 부탁하기 위해서입니다. 나는 고운 얼굴 덕분에 미천한 신분이지만 천자의 사랑을 받았습니다. 예쁜 얼굴로 남자를 섬기는 여자는 미모가 변하면 사랑도 식고, 사랑이 식으면 은혜도 사라지게 됩니다.

천자께서 이토록 나에게 미련을 두고 계신 것은 내 예쁜 얼굴 때문입니다. 그런데 폐하께서 지난날의 아름답던 얼굴과 달라진 내 모습을 보게 된다면 마음이 변하실 테고, 나를 좋아하는 마음도 사라져 나를 버릴 것입니다. 그렇게 된다면 나에 대한 그리움도 사라질 테니, 형제들을 불쌍히 여겨 벼슬을 줄 생각이 들겠습니까?

－《한서》〈외척전〉

황제의 청을 따르라고, 얼굴을 보여주라고 그녀를 채근하고 비난했던 이 부인의 형제자매는 입을 다물었을 것이다. 이 부인이 죽는 순간까지 그들 형제자매를 끔찍하게 사랑했다는 것을 그들은 이 부인의 죽음 앞에서 확인했다. 이 부인의 예감은 적중했다. 그녀의 죽음은 무제를 타는 듯한 그리움의 지옥으로 몰아넣었다. 이 부인이 죽자 무제는 황후의 예로 이 부인의 마지막을 지켜주었다. 이 부인의 형제들에게는 환한 길이 열렸다. 이 부인의 오빠인 이광리李廣利는 이사장군貳師將軍이 됐고, 이연년은 협율도위協律都尉가 됐다.

결핍, 영원한 아름다움의 샘

이 부인의 생각은 옳았다. 무제가 아끼고 사랑했던 그녀, 한 번 눈길을 주면 성이 무너지고, 두 번 눈길을 주면 나라가 쓰러질 정도로 아름다웠던 그녀를 마지막으로 보지 못한 것이 마음에 한스러움으로 남았다. 그녀를 잊지 않기 위해, 그녀를 추억하기 위해 무제는 슬픔에 찬 명령을 내렸다.

"여봐라! 감천궁에 이 부인의 형상을 그림으로 그려라!"

이 부인의 아름다움은 현실이 아니라 상상과 기억 속에 존재하면서 더욱 아름답게 바뀌어갔다. 과거는 바뀌지 않았지만, 그것을 기억하는 사람의 상상력은 그녀의 미모에 새로운 아름다움을 더

했다.

무제의 그리움을 알아챈 방사方士(신선의 술법을 부리는 도사) 소옹少翁은 이 부인을 불러올 수 있다고 호언장담했다. 단 한 번이라도 그녀를 다시 보고 싶은 생각이 간절했던 무제는 소옹을 불러들였다. 물론 소옹의 말은 거짓이었다. 소옹은 이 부인을 보고 싶은 생각에 눈이 먼 황제의 순진한 어리석음을 이용했다. 모든 것이 흐릿하게 보이는 밤, 무제는 휘장이 쳐진 무심한 공간에서 그녀를 기다렸다. 소옹은 이 부인과 비슷한 외모의 여성을 지나가게 했다. 무제가 직접 가서 만날 수 없다는 것은 소옹이 설정한 강력한 금기였다. 한 번만 그 얼굴을 볼 수 있다면!

황제의 권력으로도 할 수 없었던 금기는 평범한 바람을 소망으로 바꾸어놓았고, 죽어서도 포기할 수 없는 간절함으로 만들었다. 그녀의 아름다움은 오로지 사람들의 상상과 기억 속에서 더욱 완벽하게 되살아난다. 단 한 번이라도 좋으니 그 얼굴을 볼 수 있다면! 무제의 욕망은 끝내 결핍으로 남았고, 그 결핍은 결코 채워지지 못했다. 영원한 결핍을 만든 이 부인은 무제가 죽는 날까지 그의 기억 속에서, 또 후인들의 기억 속에서 더욱 완벽해진 미모의 여성으로 남게 됐다. 그녀를 잊지 못한 무제는 길고 긴 노래를 남겨 그녀를 추억했다. 그녀의 아름다움은 불멸의 시어詩語 속에 살아 있다.

아름답고 가냘픈 몸매 아름다웠는데,

명이 끊어져 짧은 생이 되었다.

신궁新宮을 지어 맞이하려고 했지만,

영영 사라져 고향으로 돌아오지 않는다.

무성했던 것들이 황폐해져,

깊은 곳에 숨어버리니 마음이 아프다.

(…)

기쁘게 그대와 가까이 했으나, 이별을 했다.

한밤에 잠에서 깨어나면 멍할 뿐이다.

한순간에 사라지더니 다시는 돌아오지 않는구나.

혼백은 사라져 멀리 날아가 버렸다.

어찌 영혼은 산산이 흩어져

슬프게 배회하며 주저하는가.

가야 할 길 멀고도 멀어,

끝내 홀연히 작별하고 떠난다.

서쪽으로 넘어가니 이제 보이지도 않는다.

자리에 누워도 사념을 떨치기 어려운데,

아무런 소리도 없이 적막하다.

물결 같은 그리움은 마음 속 깊이 흐른다.

-《한서》〈외척전〉

가질 수 없어 더 아름다운 왕소군

아! 그대를 보낼 수밖에 없단 말인가!

고대 중국의 손꼽히는 미인, 원제元帝와의 비극적이고 절절한 로맨스로 기록되는 여주인공 왕소군王昭君의 이야기는 지금부터 2000여 년 전으로 거슬러 올라간다. 왕의 여인이었던 그녀에 대한 기록은 정사正史인 《한서》와 《후한서後漢書》에도 남아 있다.

북쪽으로 강력한 유목민족 흉노와 국경을 맞댄 한漢나라에 흉노는 늘 커다란 위협이었다. 그들은 위험한 밀고 당기기를 하며 관계를 지속했다. 어느 날 흉노의 군왕인 호한야선우呼韓邪單于가 한 왕조의 사위가 되고 싶다면서 공주를 요구했다. 한 왕조에서는 공주를 주겠다고 약속했지만, 차마 진짜 공주를 보내지는 못하고 후궁이나 대신의 딸 중에서 몇 명을 선발해 보내려고 했다. 마침 황궁에 있으면서도 황제를 볼 기회조차 없었던 왕장王嬙(왕소군)이라는 후궁이 스스로 흉노 땅에 가겠다고 자발적으로 나섰다. 많은 후궁 중에서 몇 명쯤이야! 흉노와 한나라 간의 혼인은 별일 없이 순조롭게 진행됐다.

드디어 왕소군과 다른 네 여인이 떠나는 날, 왕소군과 원제, 흉노의 군왕이 한자리에서 만났다. 처음으로 왕소군을 만나게 된 두 군왕은 모두 왕소군의 미모에 단번에 반해버렸다. 왕소군의 뛰어

난 미모에 화사한 치장이 더해지자 아름다움은 배가됐다. 그녀의
모습은 원제와 흉노 군왕뿐만 아니라, 주변에 있던 사람들도 놀라
서 들썩거리게 만들 정도였다. 두 군왕의 희비가 교차했다.

왕소군은 자가 장으로 남군 사람이다. 이전 원제의 치세(기원전 43~기
원전 33)에 양가자로 선발되어 액정으로 들여졌다. 당시 호한야선우
가 내조하자 황제는 조서를 내려서 궁녀 다섯 명을 그에게 하사했
다. 왕소군은 입궁한 지 몇 년이 지났건만 황제를 보지 못하여 슬픔
과 원망의 마음이 있었기에 액정령에게 [흉노로] 가고 싶다고 청했다.
호한야선우가 큰 연회에 [참석하여 연회를 마치고] 떠날 즈음, 황제는 다
섯 여인을 불러서 그에게 보여주었다. 왕소군은 화려한 외모에다 단
장하고 치장하니 한 궁漢宮에서도 빛나게 돋보였고, [그녀가] 뒤돌아
볼 때마다 옷이 치렁치렁하게 돌아가는 광경에 주변에 있는 사람들
이 놀라서 움직일 정도였다.
황제가 [그 모습을] 보고서 크게 놀라 속으로는 그녀를 궁중에 남겨두
고 싶었으나 신뢰를 잃을까 걱정하여 결국 [그녀를] 흉노에게 주었다.
— 《후한서》〈남흉노열전南匈奴列傳〉

한 번도 소군을 직접 본 일이 없었던 원제는 그녀를 다른 남자
에게 시집보내는 날, 처음 얼굴을 보았다. 원제와 주변 사람들은

그 미모에 놀라 몸과 마음이 진동할 정도였다. 심지어 원제는 흉노와의 약속을 어기고 그녀를 궁에 남기고 싶었다. 하지만 대국의 황제도 이 문제 앞에서는 무력했다. 원제의 마음을 간파한 대신들은 원제의 눈치를 살피며, 신뢰 문제를 부단히 상기시켰다. 그녀의 미모 때문에 흉노와 불편한 관계를 만들 수는 없는 일이었다. 원제는 절색의 미녀인 그녀를 아쉬워하면서 보낼 수밖에 없었지만, 결코 아쉬움은 가시지 않았다.

한 장의 미인도

원제와 왕소군의 안타까운 인연은 훗날 많은 사람들의 궁금증을 더하는 이야기가 됐다. 후원에서 황제만을 애타게 그리며 살았던 한 여인, 수많은 후궁들 가운데 그녀를 미처 발견하지 못했던 왕과의 만남은 오히려 비극에 가까웠다. 황제는 첫눈에 그녀에게 반했지만, 더 이상 그녀를 곁에 둘 수가 없었다. 황제지만 오히려 아무것도 할 수 없다는 무력감과 결핍감이 그를 사로잡았을 것이다.

원나라의 작가 마치원은 소군을 떠나보낸 원제가 소양궁昭陽宮에 그녀의 초상화를 걸어놓고, 그녀를 그리워했을 것이라고 상상했다. 이 부인을 잃은 무제처럼, 더 이상 가까이할 수 없는 것에 가까이 가고 싶어 하는 간절한 마음의 표현이다.

아! 더 이상 생각하지 않으려 하지만, 무쇠 심장이 아닌 다음에야!

무쇠 심장이라 하더라도 슬픈 눈물 한없이 흘리리라.

오늘밤부터는 소양궁에 그녀의 초상화 걸어놓고,

나는 그녀를 공양供養하며

은촛대 높이 밝혀 아름다운 그녀 모습 비추게 하리라.

— 마치원, 〈한궁추〉

소양궁에 한 장의 미인도로 남은 그녀는 영원한 젊음과 아름다움으로 기억되었을 것이다. 털옷을 걸치고 비파를 안고 가는 모습에 날아가던 기러기조차 날갯짓을 잊었다는 그녀, 원제의 말할 수 없는 아쉬움이 만들어낸 소군의 영원한 아름다움, 더 이상 향유할 수도, 가까이할 수도 없는 그 결핍은 이야기를 듣는 사람의 가슴까지 저릿하게 만든다. 이것이 그녀가 4대 미인(서시, 초선, 왕소군, 양귀비)의 반열에 오를 수 있었던 이유인지도 모른다.

더 이상 탐낼 수도, 가까이할 수도 없다는 절박감과 결핍감은 사람들의 욕망을 극대화하기 마련이다. 오롯이 기억에만 의지해야 하는 그녀들의 아름다움은 나날이 배가될 수밖에 없다. 영원한 결핍으로 남겨진 욕망과 부단히 새로워지는 기억 그리고 이야기 속에서 그녀들은 영원한 아름다움을 얻은 셈이다.

영원한 아름다움의 비방秘方, 소문과 이야기

상상력이라는 묘약으로 완성되는 아름다움

수로부인은, 처용의 아내는, 또 이 부인은 얼마나 아름다웠을까? 순정공의 아내 수로부인과 무제의 마음을 사로잡았던 이 부인, 인간뿐만 아니라 자연물조차 자신들의 존재 이유를 잊을 정도로 아름다웠다는 중국의 4대 미인의 아름다움은 사진이나 그림이 아니라, 말과 글로 전해진다.

　말과 글로 남겨진 아름다운 여인에 대한 기억, 그녀들을 보고 싶다는 욕망은 부단히 지속돼왔고, 사람들은 그림을 그리거나 조각상을 만들어 그 욕망과 궁금증을 해소하고자 했다. 그녀들을 그리거나 조각한 이미지는 사람들의 궁금증을 해소할 수 있지만, 그 회화적 표현이 오히려 그 아름다움을 충족시키지 못할 때도 있다.

그녀의 얼굴이 보고 싶어서

과거로부터 현재에 이르기까지 범접하지 못할 아름다움의 대명사인 수로부인은 그 미모가 사람들의 입에서 입으로 전해져 현대의 시인에 이르기까지 궁금해하는 대상이었다. 위험한 절벽에 핀 꽃이 갖고 싶다며 당당하게 요구했던 여인, 바닷속의 용조차 가만히 기다리지 못하게 했던 여인, 드디어는 용궁까지 납치됐다가 살아나온 여인 수로부인은 그녀의 아름다움을 수천 년이 지난 이 시점에도 궁금케 하는 아름다움의 대명사가 됐다. 그녀를 보고 싶어 하는 것은 〈수로부인의 얼굴〉이라는 제목의 시를 쓴 시인만이 아니었다. 시간이 지나도 해소되지 않는 궁금증은 그녀를 기리는 조각상 만들기로 이어졌다.

수로부인 이야기가 남아 있는 삼척에서는 그녀와 일행이 점심을 먹기 위해 상을 펼쳤을 바닷가가 훤히 내다보이는 곳에 수로부인상을 세우고, 그곳 일대를 '수로부인헌화공원'이라고 이름 붙였다. 수로부인상 아래쪽 단에는 부임지를 향해 떠나는 순정공 일행의 행렬이 보인다. 용의 등에 앉은 수로부인 뒤쪽으로는 하늘과 용이 드나들 듯한 깊고 푸른 바다가 펼쳐지고, 수로부인상의 맞은편에는 〈해가海歌〉를 불렀던 사람들과 순정공의 석상이 곳곳에 세워져 있다. 그녀를 눈으로 보고 싶다는 사람들의 바람은 수로부인공원과 수로부인상의 조영으로 이어졌다. 하지만 바닷가를 배경

수로부인헌화공원에 세워진 수로부인상,
강원도 삼척시 소재

으로 용의 등에 얌전히 앉아 있는 수로부인을 본 사람들의 반응은 엇갈린다. 소문대로 아름답다고 말하는 이도 있지만, 때로 상상 속의 그녀만큼 아름답지 않다고 실망하는 사람도 있다. 그것은 그녀가 단 하나의 이미지로 표현되었기 때문일 것이다.

《삼국유사》의 글과 행간, 시인의 노래와 무수한 이야기 속의 수로부인은 사람들 각자의 머릿속에서 가장 아름답고 매혹적인 인물로 상상되었을 것이다. 사실 삼척 수로부인상의 한없이 인자한 미소와 너무나 단아한 매무새는 당당하게 벼랑 끝의 꽃을 요구하는 농염함과는 거리가 있어 보이기도 한다. 거대한 수로부인상은 어떤 사람들의 상상과는 유사할 수 있겠지만, 모든 사람의 상상 속에서 만들어진 그녀의 이미지를 완벽하게 구현하기는 어려울 것이다. '제 눈에 안경'이라는 말처럼, 사람들은 보편적인 심미관 외에도 개인적인 미적 추구와 취향을 갖고 있기 때문이다.

모두가 빠져드는 아름다움이란 결국 실체가 아니라, 글과 상상력 속에서 더욱 완벽하게 구현된다고 할 수 있다. 옛사람이 남긴 글과 노래, 시인이 궁금증을 담아 완성한 시, 용이 꿈틀거리며 나타나는 이야기 속의 상상이야말로 그녀의 아름다움이 영속되는 공간이다.

기러기의 날갯짓을 잊게 한 미녀

그림과 조각으로 끊임없이 만들어지는 미인 가운데, 중국의 왕소군도 빼놓을 수 없다. 그녀는 걸개그림과 조각상, 도자기와 부채 등 사람들의 손이 닿는 모든 곳을 장식하는 주인공이 됐다. 하지만 이미지로 완성된 그녀의 모습은 원제와 호한야선우가 반할 만큼 미인이었는지 어리둥절하게 생각될 때가 종종 있다. 다음의 작품은 서로 다른 두 사람인 것 같지만, 모두 중국의 4대 미인 가운데 하나로 알려진 왕소군이라는 동일 인물을 그린 오래전의 그림이다. 한 원제의 궁녀였다가, 화친의 조건으로 흉노의 군왕에게 시집가게 됐다고 알려진 왕소군은 떠나는 날이 되어서야 그녀의 아름다움을 알아본 원제와 눈물의 이별을 한다.

더 이상 볼 수도, 만질 수도 없는 '마지막'이 주는 안타까움과 아쉬움은 그녀의 아름다움을 더욱 잊을 수 없는 화사함으로 물들인다. 그녀를 부르는 다른 이름은 '낙안落雁', 왕소군의 아름다움을 보고 기러기조차 날갯짓을 잊고 땅으로 떨어졌다는 의미다. 황량하고 차가운 흉노의 땅으로 떠나기 위해, 그녀는 털옷을 입고 외로움과 슬픔을 달래줄 비파를 안고 있다.

다른 중국의 4대 미인과 같이 왕소군에 대한 그림도 적지 않다. 사람들은 아름다운 그녀를 입으로 말하고, 글로 쓰고, 붓으로 다시 그렸다. 얼마나 아름답기에? 그녀의 미모를 그리는 사람들은 어떠한 매체든 가장 아름다운 모습으로 묘사했을 것이다.

북방 흉노의 여인이 되어 평생을 살았던 왕소군은 털옷에 비파를 든 모습으로 그려진다. 왕소군과 한나라 원제의 사랑을 그린 〈한궁추〉에서 왕소군을 걱정하는 원제는 이렇게 노래했다.

내 각시가 배고프면 소금 뿌려 구운 거친 고기를 먹고 / 목마르면 타락(酪)과 죽을 마시겠지. (…) / 한나라 화장을 지우고 담비와 여우 가죽 옷으로 갈아입었으니, / 이제 나는 소군昭君을 그린 그림만을 바라볼 뿐이라네.

그런데 왕소군을 그린 두 그림을 보면 먼저 의문이 생긴다. 일단 두 사람의 외모가 너무 다르다. 그리고 아담한 키, 막연히 동그란 얼굴은 지금의 미적 기준에 그다지 어울리지 않는 모습이다. 게다가 그림 속의 한 여인은 가늘고 작은 눈에, 심지어 젊음의 흔적을 찾아볼 수 없는 외모로 묘사되어 있다. 지금의 기준으로는 그다지 아름답지 않지만 이 그림을 그린 작가의 눈에는 가장 아름다운 얼굴이었을 것이다. 또한 당시의 많은 사람이 호응할 만한 시대적인 아름다움도 포함해 묘사했을 거라는 추측도 할 수 있다. 이렇게 본다면 '미의 기준은 시대마다 다르고, 보는 눈도 사람마다 다르다'는 소박한 결론에 자연스럽게 이르게 된다.

털옷을 입고 비파를 든 왕소군,
중국 내몽골박물원(內蒙古博物院) 소장

실제 이미지를 구현하는 사진이 있었더라면 중국의 4대 미인은 달라졌을지도 모른다. 수천 년 동안 미인의 자리를 굳게 지키고 있는 여인들의 실제 외모가 과연 어떠했는지 추측하기는 쉬우면서도 어렵다. 상상하기 어려운 것은 그들이 '시각적 이미지'가 아닌 이야기로 남아 있기 때문이고, 반대로 상상하기 쉬운 것은 현재의 미적 관념 혹은 개인의 심미관을 투영해서 가장 아름다운 이미지로 만들어낼 수 있기 때문이다. "아름다움은 각자의 심상을 결정하는 주관적인 기호에 따른 고혹이거나 감동"[3]이니 말이다. 이것은, 말과 글로 남겨져 있다면 그녀들은 어떤 미적 기준을 가진 시대에서라도 가장 아름다운 모습으로 상상될 수 있다는 것을 말해준다. 헤르만 헤세는 언어는 수수께끼 같은 것이고, 지상에서 가장 신비롭고 경이로운 현상이라고 표현하기까지 했다.

언어는 아름다우면서도 놀라운 면을 지니고 있다. 그러면서도 수수께끼 같다. (…) 언어는 그것을 사용하고 배우는 우리에게 지상에서 가장 신비스럽고도 경이로운 현상이 된다.[4]

사람들의 결핍을 해소하기 위해 만들어진 어떤 시각적, 회화적 이미지는 사람들의 미적 상상력에 더욱 큰 결핍을 만들어내기도 한다. 단일한 하나의 이미지보다는 상상력이 숨 쉴 수 있는 글과 말이 아름다움을 표현할 수 있는 가장 적합한 매체가 된다. 여백이 있는 말과 글로 남겨진 아름다움, 행간과 자간字間을 드나들 수 있는 상상력이야말로 아름다움을 완성하는 묘약이다.

당신처럼 예쁠 수만 있다면

고대 중국에는 4대 미인이 있었다. 서시, 초선貂蟬, 왕소군, 양귀비가 그 주인공이다. 이 여인들은 각자 사람뿐만 아니라, 자연물까지도 반하게 만들었다는 의미의 별명을 갖고 있다. 사람들은 서시에게 침어浸魚, 초선에게는 폐월閉月, 왕소군에게는 낙안, 양귀비에게는 수화羞花라는 별명을 붙여주었다. 서시의 아름다움에 헤엄치던 물고기가 지느러미 움직이는 걸 잊어 물속으로 가라앉고, 초선의 미모를 보고 달이 스스로의 모습을 가리며, 왕소군이 지나가는 모습에 날아가던 기러기가 날갯짓을 잊고 땅으로 떨어지고, 양귀비를 본 꽃이 스스로 부끄러워하며 고개를 숙인다는 뜻이다. 대체 그녀들은 얼마나 아름다웠던 것일까?

　작은 마을의 물가에서 빨래하는 소녀였던 서시는 가슴병을 앓아 창백한 아름다움으로 이름이 높았는데, 그녀의 아름다움에 관한 여러 가지 흥미진진한 이야기가 전해진다.

"봤어? 찡그리는 모습도 아름답대!"

그녀들이 과연 어떤 외모를 가지고 있었는지, 당시를 살았던 사람이 아니라면 이해하기 어려울 것이다. 그녀들의 미모는 한 장의 초상화가 아니라 옛사람이 남긴 글과 이야기, '그랬다더라'는 소문을 통해 전해진다.

서시가 가슴병을 앓아 마을에서 얼굴을 찡그리고 다녔다. 그러자 그 마을의 어떤 추녀가 그것을 보고 아름답다고 생각하여, 자기 집에 돌아가 서시를 따라 가슴을 부여잡았다. 마을로 나와 얼굴을 찡그리자 마을의 부자들은 그녀를 보고 문을 굳게 걸어 잠그고 나오지 않았고, 가난한 사람들은 처자식을 이끌고 그 마을을 떠나버렸다.

《장자莊子》〈천운天運〉에 실린 위의 글에서 장자가 서시의 이야기를 예로 든 것은 선왕들의 제도를 무작정 흉내 내는 유가儒家를 비판하기 위함이었다. 장자는 사금師金의 입을 빌려 "그 추녀는 찡그린 것을 아름답게 여길 줄만 알았고, 찡그린 것이 아름다운 까닭을 알지 못했다"라며 무작정 따라 하는 부작용과 폐해를 설명했다. 장자는 옛것을 무작정 따라 하는 유자儒者를 비판한 것이지만, 서시의 이야기를 읽다 보면 아름답지 못했던 한 여인 동시의 억울하고 서글픈 마음을 읽게 된다. 서시를 따라서 하기만 하면, 그녀의 절반이라도 따라갈 수 있을 것이라는 동시의 기대와 바람은 물 거품이 됐다.

아름다움은 모든 사람을 진탕振盪시키는 것이지만, 추함은 그 것과 정반대 방향으로 나아가기도 한다. 부자는 문을 걸어잠그고 집 밖으로 나오지 않았고, 가난한 사람은 그녀가 보기 싫어서 아예 그 마을을 떠났다는 이야기가 전한다. 이 이야기는 무작정 따라 하기만 해서는 진정한 아름다움을 갖기 어렵다는 교훈에 닿을 수도 있겠지만, 아름다움이란 여성에게는 커다란 욕망의 대상이라는 것을 말해준다. 부자가 문을 굳게 닫고 가난한 사람이 이사를 했다는 과장된 '소문', 이 소문이야말로 서시의 미모를 더욱 돋보이게 했을 것이다.

고전적 전술戰術, 미인계의 주인공

침어, 즉 물고기가 헤엄치는 것을 잊고 물에 가라앉게 만들었다는 치명적인 별명을 가진 서시는 특별할 것 없는 작은 시냇가에서 빨래나 하던 소녀였다. 완사浣紗에서 빨래하는 그녀 곁으로 몰려들었던 물고기들은 그녀의 모습에 넋을 잃고 지느러미 움직이는 걸 잊었다고 전해진다. 물고기조차 수면까지 떠올라 그녀를 보려고 했다는 이야기와 소문이 지금까지 전해진다. 중국 저장 성浙江省의 평범한 강은 시인의 시상詩想을 불러일으키는 상상의 공간이 됐다.

서시는 월나라 개울가의 여인,

밝은 아름다움이 구름바다를 비추는 듯하다.

오나라 궁전에 들어가기 전,

빨래하던 완사의 옛 돌은 오늘도 여전하다.

    - 이백李白,〈송축팔지강동부득완사석送祝八之江東賦得浣紗石〉

아름다운 외모가 천하의 중시를 받았으니

서시가 어찌 오래도록 미천하게 있었으리?

아침에는 월越나라 개울가의 여인,

저녁에는 오吳나라 궁宮의 비妃가 되었다.

(…)

그때, 그녀와 함께 빨래하던 친구들

함께 수레를 타고 돌아가지 못했다.

이 이야기를 이웃집 여인에게 말했지만,

얼굴을 찡그린다고 어찌 그녀와 같길 바랄까?

    - 왕유王維,〈서시영西施詠〉

 얼굴의 찡그림까지 따라 하게 만드는 미모의 소유자, 물고기도 반하게 만드는 아름다운 그녀의 운명은 결코 순탄하지 않았다. 춘추시대의 여인이었던 그녀는 미인계美人計의 주인공이 됐다. 섶나무 위에서 잠을 자고, 쓸개를 핥으며 복수를 되새긴다는 '와신상담臥薪嘗膽'을 다짐하는 처절한 싸움이 이어지던 시기, 오나라와 월나라가 패권을 다투는 싸움에서 먼저 복수를 요청한 것은 오나라 왕 합려闔閭였다. 그는 태자인 부차夫差에게 월 왕 구천句踐에게 복수할 것을 유언으로 남기고 세상을 떠났다. 부차는 아버지의 유언을 잊지 않기 위해 섶나무 위에서 잠을 자며(臥薪) 복수를 다짐했다. 구천은 부차가 복수를 다짐한다는 소문을 듣고 선제공격을 감행했으나 크게 패하여 피신하고, 다시 월나라로 돌아온 후 곁에 쓸개를 두고 쓴맛을 보면서, 즉 상담嘗膽하면서 무참한 치욕을 되새겼다.

되풀이되는 복수의 전쟁에 범려范蠡는 '미인'이라는 아름다운 무기를 내놓았다. 구천은 범려의 계책에 따라 아름다운 소녀 서시를 오 왕에게 바쳤다. 부차를 섬겼던 충신 오자서伍子胥는 고대의 두 미녀 달기와 포사 때문에 패망한 주왕과 유왕의 이야기를 들려주며 그녀를 멀리할 것을 간청했지만, 이미 서시의 아름다움에 깊이 빠진 부차는 오자서의 말을 듣지 않았다. 범려의 작전은 대성공이었다. 서시의 미모에 사로잡힌 오 왕은 정사를 게을리 했고, 월나라를 경계해야 한다는 오자서에게 자결을 명하는 우를 범했다. 결국 그는 스스로 멸망하는 지경에 이르게 됐다. 복수에 복수를 다짐하는 잔혹한 싸움, 스스로에게 섶나무 위에서 거친 잠을 자고 쓸개의 쓴맛을 보게 했던 잔혹한 싸움은 서시의 미모로 막을 내린 셈이다.

와신의 고통을 모두 잊게 했던 미녀 서시. 유왕을 양치기 소년으로 만들었던 포사처럼 그녀의 죽음에 대해서는 소문만 무성하다. 혹자는 구천의 명민한 신하 범려의 연인으로 평생을 살았다고 전하기도 하고, 《묵자墨子》에서는 물에 빠져 죽었다고 증언하기도 한다. 선명하지 않은 소문이 오히려 그녀의 아름다움을 배가한다. 오랜 시간이 지난 후에도 후인들은 완사의 물가나, 서시의 이름을 땄다는 시후西湖 호에 이르면 그 아름다운 광경에 취해 자연을, 자연에 덧씌워진 서시의 아름다움을 노래한다.

날 갠 수면 위로 볕이 부서지니,
산색과 하늘 색이 흐릿해진 날 더욱 좋더라.
서호의 호수를 서시에 빗대어보면
흐린 때나 맑은 때 모두 아름답다.
              ─ 소동파蘇東坡, 〈음호상초청후우飮湖上初晴後雨〉

'그랬다더라' 하는 소문의 주인공으로 남은 이야기, 또 다른 버전으로 만들어질 이야기 속에서도 서시는 영원한 아름다움의 주인공으로 이야기되고 기억될 것이다.

화공기시畵工棄市 스캔들

날아가는 기러기를 떨어뜨린다는 의미의 낙안이라는 별명을 가진 주인공 왕소군과 한나라 원제의 기록은 이미 역사의 기록으로 남겨졌다. 하지만 그녀의 아름다움은 또 다른 무수한 소문을 낳았다. 사람들의 빠른 입과 상상력이 덧붙여진 소문, 그 속에서 그녀는 한층 더 아름다운 여인으로 완성됐다.

화공을 모조리 잡아들여라!

왕소군을 시집보내기 위해 마련한 연회 자리에서 처음 그녀를 본 황제는 한눈에 반해 그녀를 궁중에 남겨두고 싶었다. 사랑도 아니고 의리도 아니고, 단지 그녀의 외모에 반한 왕은 잠시 고민에 빠졌다. 하지만 한 왕조에 위협적이었던 흉노의 비위를 거스를 수는 없는 일. 눈물을 머금고 그녀를 흉노로 보냈다.

선우를 따라 황량한 흉노의 땅으로 가는 그녀는 눈물을 흘리지 않을 수 없었다. 걱정과 눈물에 젖은 그녀의 얼굴은 미모를 한층 돋보이게 만들었다. 비파를 들고 체념과 원망의 길을 떠나는 그녀를 보고 기러기가 날갯짓을 잊을 정도였으니 말이다.

선우의 기쁨과 원제의 아쉬움은 그녀의 미모를 더욱 화사하게 만들었다. 그녀의 미모는 두 사람의 희비 교차로 끝나지 않고 새로운 이야기로 만들어졌다. 비극이야말로 이야기를 더욱 극적으로 만드는 법이 아닌가. 사람들은 그녀가 한 악한 인간의 욕망에 희생되었다며, 그들 사이에 감추어져 있던 '비밀'을 들추어낸다.

한나라 원제는 많은 후궁을 거느리고 있었다. 평소 이들을 일일이 다 불러서 볼 수가 없었기 때문에 화공에게 후궁들의 모습을 그리게 하고 그림을 보고 궁녀를 불렀다.

[상황이 이렇게 되자] 궁녀들은 앞 다투어 화공에게 뇌물을 바쳤다. 많게는 10만 금, 적어도 5만 금 이상이었는데, 왕장(왕소군)만은 뇌물을 바치지 않고 있다가 결국 원제를 한 번도 만나지 못하게 됐다. 그러던 어느 날, 흉노가 입조하여 한나라의 미녀를 얻어 아내로 삼고 싶다고 요구했다. 그러자 원제는 그림을 보고 [그 가운데 미색이 뛰어나지 않았던] 왕소군을 보내기로 결정했다.

드디어 떠날 날이 됐다. 원제는 처음으로 왕소군을 보고, 그 미모가 궁녀들 가운데서도 으뜸이고, 응대도 뛰어나며, 행동 역시 단아하다는 것을 알게 됐다. 원제는 후회스러웠지만, 이미 명적名籍에 이름을 올렸고, 외국과의 신임을 중요하게 생각했기 때문에 다른 궁녀로 바꾸지도 못했다.

그래서 그 일을 철저히 조사하여 화공들을 모두 저잣거리에서 처형하고, 그 가산을 몰수하니 모두 엄청난 액수가 됐다. 화공 가운데서도 두릉杜陵 출신의 모연수毛延壽는 사람을 그리는 데 특히 뛰어나 예쁘고 못난 점, 늙고 젊은 모습까지도 진짜처럼 생생하게 그릴 줄 알았다. (⋯) 화공이 모두 같은 날 기시棄市(사람들이 많은 곳에서 죄인의 목을 베고 그 시체를 길거리에 버리는 형벌)에 처해지자, 결국 경사京師에 있는 화공의 수가 줄어들게 됐다.

－《서경잡기西京雜記》〈화공기시畵工棄市〉

"사실은 그런 거였대"라는 소문이 돌았을 것이다. 왕소군이 돈이 없었던 것인지 아니면 자신의 미모를 과신한 것인지, 또는 지나치게 정직했던 것인지 알 수 없지만, 그녀는 물욕이 가득한 모연수의 비위를 맞추지 않았고 뇌물도 쓰지 않았다. 수많은 궁녀를 일일이 볼 수 없었던 게으른 원제는 결국 못생긴 궁녀를 선우에게 보낼 공주로 선택했고, 그녀가 떠나는 날이 되어서야 처음으로 보게 됐다. 소군은 얼굴만 아름다운 것이 아니었다. 응대도 뛰어나고 행동조차 단아한 모습에, 원제는 후회에 후회를 거듭했다. 그러나 그녀를 보내는 것 외에는 다른 방법이 없었다.

화가 난 원제는 그제야 모연수의 비리를 조사하고, 그의 가산을 몰수했다. 비극은 여기서 그치지 않았다. 화가 덜 풀린 원제는 명령을 내렸다.

"화공을 모조리 잡아들여라!"

경사의 모든 화공은 결국 기시에 처해졌다. 왕소군의 아름다운 외모가 불러온 비극, 도시 전체를 공포에 떨게 했을 비극이 오히려 그녀의 미모를 궁금하게 만든다. 도대체 얼마나 예쁘기에? 다시는 볼 수 없기에 상상력은 극대화되고, 무수한 이야기와 소문 속에서 그녀는 더욱 완벽하게 아름다운 여성으로 만들어질 것이다.

언어로 전달되는 아름다움은 강력하다

한 쌍의 궁전식의 눈썹 그리고
한결같이 어우러진 빗은 머리, 입은 옷, 얼굴 화장,
이마 옆 비녀 끝에는 비취 꽃 붙어 있고,
한 번 웃기만 하면 온 성을 기울게 할 만하다.
만약 월 왕 구천이 고소대姑蘇臺에서 저 여인을 보았더라면
서시도 꼼짝달싹 못했을 것이다.

– 마치원, 〈한궁추〉

짧은 역사가 매력적인 이야기로, 비밀스러운 소문으로 이어질 수 있었던 것은 왕소군의 미모와 두 남성의 엇갈린 감정 때문이다. 왕소군이 덜 아름다웠더라면 흉노의 기쁨도 덜했을 테고, 원

제의 후회와 아쉬움도 그만큼 크지 않았을 것이다. 화공에 대한 폭발적인 분노도 없거나 덜했을 것이다.

입에서 입으로 전달되는 소문. 첫눈에 반하게 할 수도 있는 이미지나 시각적인 효과 없이도 세상에서 가장 아름다운 사람으로 만들어낼 수 있는 것이 바로 말, 언어다. 《삼국유사》에서 본 것처럼 그녀들이 어떤 모습이고, 어떤 옷차림을 했는지는 중요하지 않다. 정작 그녀들을 아름답게 만든 것은 그녀들에게 빠져드는 주변인과 신에 대한 묘사 그리고 무성한 소문과 이야기뿐이다.

그녀들이 과연 어떠한 모습이었는지는 알기 어렵지만, 한 가지 분명한 것은 그녀들이 누군가의 마음을 흔들었다는 것이다. 황제를 울게 하고, 길 가던 사람의 발걸음을 멈추게 했으며, 밭 매는 사람이 손에서 호미를 놓을 정도였다. 그뿐만 아니라 하늘을 날던 기러기는 날갯짓을 잊고, 물고기도 지느러미를 움직여야 한다는 사실을 잊었다고 한다. 시각적으로 먼저 감지되는 이미지보다 언어로, 서사로 전달되는 아름다움은 강력하다. 서사로 전달되는 '미'에는 자연스럽게 상상력이 개입되고, 이는 각 개인이 갖고 있는 미적 편차를 줄여준다.

아름다움을 감지하는 능력은 사람마다 차이가 있다. 하지만 서사에서는 이러한 차이가 발견되지 않는다. 사람들의 욕망과 바람, 기대는 서사를 변화시키고, 새로운 이야기로 완성한다. 아름다움을 인지하는 과정에서 미의 조건보다 더 중요한 것은 '소문'과 '이야기'다.

　수로부인과 도화랑, 처용 아내의 아름다움이 멀리까지 전해질수 있었던 것도 소문 덕분이었다. 사실 소문은 완전한 사실만을요구하지 않는다. 소문은 그것 자체의 힘으로 강력해지고, 상상력이 추동력이 되면서 더 강력한 힘을 갖는다. 마치 왕소군, 그녀의이야기처럼 말이다.

아름답게
　보이고 싶은
'마음'

진주를 담뿍 머금은 모란꽃을

어여쁜 여인이 꺾어 창 앞을 지나다가

웃음을 담아 신랑에게 묻는다.

"꽃이 예쁜가요? 제가 예쁜가요?"

신랑은 장난을 치고 싶어서

"꽃이 당신보다 예쁘구려."

어여쁜 아내는 꽃을 던져

꽃가지를 밟는다.

"꽃이 저보다 예쁘거든

오늘은 꽃하고나 주무세요."

– 이규보李奎報, 〈절화행折花行〉

이슬 머금은 모란꽃을 꺾은 아리따운 미인, 꽃보다 어여쁜 아내가 남편에게 누가 더 예쁘냐며 유치한 질문을 던진다. 그 모습이 한없이 사랑스럽게 보였던 남편은 괜히 장난을 치고 싶어서 꽃이 더 예쁘다고 마음에도 없는 대답을 하자, 아내가 꽃가지를 던지며 토라지는 모습을 담은 이 시는 부부의 애틋한 사랑을 보여주는 동시에, 꽃보다 아름다워 보이기를 원하는 여인의 마음도 읽게 한다.

무엇이 아름다운 것인지는 분명히 말하기 어렵다. 시대마다, 사람마다 다르게 느끼는 주관적인 것이기 때문이다. 그런데 그 기준이 주관적인 것이기는 하지만, 누구나 바라고 추구한다는 것 또한 사실이다. 다른 사람보다, 꽃보다 예쁘게 보이고 싶은 마음, 어디 그녀 하나뿐이었겠는가. 아름다워 보이고 싶고, 아름다움을 보고 싶어 하는 마음에는 남녀노소의 경계가 없다.

아름다움, 마음을 만지는 것

세상에는 다양한 아름다움이 있다. 서구적 미의 잣대가 비판과 고민의 여지도 없이 무차별로 흘러넘치는 이 시대, 과연 옛사람이 말하는 아름다움은 어떤 것인지 궁금했다. 이 책에서는 과연 무엇이 아름다운 것인지를 찾기 위해 고대 중국의 옛 글자로부터 아름다움을 찾는 긴 여정을 시작했다.

고대 중국인이 빛이 곱고 살진 양羊에서 어렴풋이 느끼기 시작한 미美에 대한 인식은 시각적 아름다움의 의미를 포함하여, 상서롭다(祥)는 의미와 선하다(善)라는 의미의 확대로 이어졌다. 커다란 양에서 비롯된 글자인 '미'는 성聖과 속俗의 두 세계에 걸쳐 있는 미묘한 것이기도 하다.

아름다움에 대한 넓고 깊은 추구는 다양한 노래와 이야기로 만들어졌다. '아름다움'이라는 고전적이면서도 현재적인 주제를 탐색하기 위해, 우리의 설화뿐만 아니라 우리나라와 한자 문화를 공유하면서 영향을 주고받았던 중국의 문자와 글, 그림을 만났다.

이야기 속에는 수로부인처럼 도도한 매력을 가진 아름다움도 있고, 포사와 달기처럼 순간적으로 눈과 마음을 사로잡아 돌이키지 못할 파멸을 불러오는 아름다움도 있다. 설문대할망이나 삼신할미처럼 인생의 고단함과 신산함을 온몸으로 살아낸 여인들이 가져다주는, 사람들의 마음을 서서히 적시는 잔잔한 아름다움도 있다. 예나 지금이나 변함없이 추구하는 미에 대한 열망의 크기가 아름다움의 빛을 환하게 만들었던 것만큼, 아름다움이 만들어낸 그림자도 짙다.

아름다움은 눈과 마음을 모두 움직이는 것이기에, 어여쁜 외모가 있어야만 아름답다는 칭송을 받는 것은 아니었다. 괴물과 같은 외모를 가졌다 하더라도 사람들에게 선량했던 여신들은 아름다워질 수 있는 기회를 얻게 됐다. 무쇠도 녹인다는 사람들의 말과 글 그리고 소문은 그녀들을 세상에서 가장 아리따운 여인으로 바꾸기도 했고, 또 어떤 아름다운 여신은 사람들의 언어를 통해 추해지는 형벌을 받기도 했다. 괴물에서 아름다운 여신이 된 서왕모, 천녀에서 두꺼비로 변한 항아는 그 대표적인 주인공이다. 그녀들은 이야기 속에서 변화해왔고, 지금도 여전히 변화하고 있다. 이야기는 앞으로도 끝나지 않을 것이다.

우리나라 설화와 중국의 설화는 엄연히 차이가 있지만, 그 차이보다는 공통점이 더 크기에 세세한 차이점은 나열하지 않았다. 차이와 공통점을 지나치게 따지지 않은 이유는 설화가 가지는 유동성과 생명력 때문이기도 하다. 서왕모와 마고 설화에서 알 수 있는 것처럼, 이야기는 사람들의 믿음과 마음을 따라서 변화해왔고, 앞으로도 변화할 것이기 때문이다.

고대 중국의 갑골문에서 시작하여 조선의 소설에 이르기까지 먼 길을 돌아오면서 새삼 깨닫게 된 것은 2000여 년 전 소년 왕필이 풀이한 간명한 해석, 즉 '아름다움이란 마음으로 즐기는 것'이라는 소박하고 평범한 진리다.

1 고대인의 사유와 '미'

1 "美, 甘也. 從羊從大. 羊在六畜主給膳也. (…) 臣鉉等曰, 羊大則善, 故從大."

2 이 책에 소개한 네 개의 '양' 자는 다음에 소개된 글자다. 馬如森, 《殷墟甲骨文引論》, 東北師範大學出版社, 1993, 375쪽.

3 馬如森, 《殷墟甲骨文引論》, 東北師範大學出版社, 1993, 376~377쪽.

4 백영서, 〈Asian Beauty' 연구보고서〉, 7~8쪽.

5 염정삼, 《설문해자주》, 151쪽.

6 "美, 甘也. (…) 美與善同意."

7 "羌, 進善也. 從羊久聲. 文王拘羌里."

8 "美者, 人心之所進樂也."

9 헤르만 헤세, 두행숙 옮김, 《그리움이 나를 밀고 간다》, 문예춘추사, 2014, 15~16쪽.

10 《이아》의 설명은 다음과 같다.

　①전나무(樅) : 지금 태묘太廟에 대들보로 이 나무를 쓴다. 《시자尸子》에서 "송백松柏에 사는 쥐는 집 모양처럼 생긴 산에 아름다운 전나무가 있는 것을 모른다"라고 했다.

　②무지개(螮蝀) : 속칭 미인홍美人虹이라고 하는데, 강동에서는 우雩라고 부른다.

　③《예기禮記》〈명당위明堂位〉에 "주周나라 사람은 번렵繁鬣의 누런 말을 숭상했다"라고 했다. 번렵은 갈기를 양쪽으로 나누어 늘어뜨린 것인데, 미모렵美貌鬣이라고도 한다.

11 진동원, 송정화·최수경 옮김, 《중국, 여성 그리고 역사》, 박이정, 2005, 85쪽.

12 김종권 역주, 《여사서女四書》, 명문당, 1987, 44~45쪽.

13 劉義慶 撰, 劉孝標 注, 김장환 역주, 《세설신어世說新語》下, 살림, 2001, 17쪽.

14 위와 같음.

15 위와 같음.

2 첫눈에 반한다는 것

1 이 글에 실린 《삼국유사》의 번역은 다음을 따랐다. 일연, 김원중 옮김, 《삼국유사》, 민음사, 2007.

2 劉義慶 撰, 劉孝標 注, 김장환 역주, 앞의 책, 495쪽.

3 위와 같음.

4 위와 같음.

3 아름다움의 빛과 그림자

1 김상호 편저, 《악부민가樂府民歌》〈길옆의 뽕나무陌上桑〉, 문이재, 2002, 21쪽.

2 이하에서 인용한 《사기史記》의 번역은 다음을 참고했다. 《사기 본기》, 까치, 2005.

3 이수광, 《한국 역사의 미인-천 년의 향기》, 영림카디널, 2007, 32~44쪽.

4 임형택, 《한문 서사의 영토》 1, 태학사, 2012, 194~196쪽.

5 임형택, 위의 책, 187~190쪽.

4 느린 이끌림

1 박범신, 《은교》, 문학동네, 2010.

2 위의 책.

3 황인숙, 《꽃사과 꽃이 피었다》〈몽환극〉, 문학세계사, 2013.

4 김영돈·현용준·현길언, 《제주설화집성濟州說話集成》 1, 제주대학교 탐라문화연구소, 1985, 705~706쪽.

5 문영미, 〈설문대할망 설화 연구〉, 연세대학교 교육대학원 석사학위 논문, 1998.

40~41쪽.

6 설문대할망과 500 아들의 전설은 원래 한 유형의 이야기가 아니라 후대에 섞여든 것으로 보기도 한다. '한라산-오백장군봉'의 관계가 '설문대할망-500 아들'의 관계로 서사화되었다는 가능성도 적지 않다. 조현설, 《마고할미 신화 연구》, 민속원, 2013, 70~71쪽.

7 최광식, 〈삼신할머니의 기원과 성격〉, 《여성문제연구》 11, 1982, 47~49쪽.

8 위의 글, 54~56쪽.

9 이기상, 〈삼신할매 신화에서 읽어내는 한국인의 살림살이 이성〉, 《해석학연구》 20, 2007, 12쪽.

10 김태곤·최운식·김진영 편저, 《한국의 신화》, 시인사, 2009, 247~265쪽.

11 김인희, 〈한·중 해신 신앙의 성격과 전파 – 마조신을 중심으로〉, 《한국민속학》 33, 2001, 76쪽.

12 김인희, 〈중국 마조신의 성격과 전파〉, 제3회 민속학국제학술대회, 1999, 198쪽.

13 釋厚重, 《觀音與媽祖》, 稻田出版, 2005, 191쪽.

14 위의 책, 220~222쪽.

15 김태곤·최운식·김진영, 앞의 책, 220~235쪽.

16 '마고절麻姑節' http://baike.baidu.com.

17 袁珂, 《中國神話大辭典》, 四川辭書出版社, 1998, 519쪽.

18 胡長春, 〈道教女仙麻姑考〉, 《中國道教》 5, 2004, 39쪽.

19 曹國慶·胡長春, 〈麻姑的傳說及其信仰民俗〉, 《江西社會科學》 7, 2000, 36쪽.

5 변화 그리고 변신의 비밀

1 우현수, 〈조선 후기 요지연도瑤池宴圖에 대한 연구〉, 이화여자대학교 미술사학과 석사학위 논문, 1996, 24쪽 재인용.

2 정종진, 《한국 현대문학과 관상학》, 태학사, 1997, 24~25쪽.

3 http://db.itkc.or.kr/index.jsp?bizName=MM&url=/itkcdb/text/nodeViewIframe.js
p?bizName=MM&seojiId=kc_mm_a001&gunchaId=av020&muncheId=04&finId
=016&NodeId=&setid=1411917&Pos=0&TotalCount=1&searchUrl=ok

4 http://db.itkc.or.kr/index.jsp?bizName=MK&url=/itkcdb/text/nodeViewIframe.jsp
?bizName=MK&seojiId=kc_mk_c002&gunchaId=av003&muncheId=06&finId=

051&NodeId=&setid=1416618&Pos=12&TotalCount=139&searchUrl=ok

5   이상구 옮김,《숙향전·숙영낭자전》, 2010, 195~203쪽.

6   강진옥,〈마고할미 설화에 나타난 여성 신 관념〉,《한국민속학》25-1, 1993, 3~47쪽.

7   삼척군 군지편찬위원회,《삼척군지三陟郡誌》, 1985, 349~350쪽.

8   조현설,〈서구암과 최진후〉,《마고할미 신화 연구》, 민속원, 2013, 154쪽.

9   "化爲蟾蜍, 而爲月精",《초학기初學記》권1 인용.

10 항아와 예羿에 얽힌 이야기는 다음을 참고했다. 원가袁珂, 전인초·김선자 옮김,
    《중국신화전설》1, 민음사, 1999, 435~389쪽.

6 영원한 아름다움의 조건

1   피천득,《인연》, 샘터사, 2002.

2   반고班固, 안대회 편역,《한서열전漢書列傳》, 까치, 1997.

3   박범신, 앞의 책, 309쪽.

4   헤르만 헤세, 앞의 책, 287쪽.

참고문헌

원전

(宋) 范曄, (唐) 李賢 等注, 《後漢書》, 中華書局, 2003

(淸) 郭慶藩 撰, 《莊子集釋》(1~4), 中華書局, 1997

(漢) 司馬遷 撰, (宋)裴駰 集解, (唐)司馬貞 索隱, (唐)張守節 正義, 《史記》(1~12),
　　中華書局, 2003

班固 撰, 顏師古 注, 《漢書》(12), 中華書局, 2007

蘇統 編, 李善 注, 《文選》, 文津出版社, 1988

何寧 撰, 《淮南子集釋》(上·下), 中華書局, 1997

許愼, (淸) 段玉裁, 《說文解字注》, 上海古籍出版社, 1988

黃淸泉 注譯, 陳滿銘 校閱, 《列女傳》, 三民書局, 1997

저서

강은교, 《바리연가집》, 실천문학사, 2014

고혜경, 《태초에 할망이 있었다: 우리의 창세 여신 설문대할망 이야기》, 한겨레출판, 2010

국립중앙박물관, 《중국 고대회화의 탄생》, 국립중앙박물관, 2008

김선자·김윤성·박규태·차옥승, 《동아시아 여신 신화와 여성 정체성》,
　　이화여자대학교출판부, 2010

김영돈·현용준·현길언, 《제주설화집성》1, 제주대학교 탐라문화연구소, 1985

김용택, 《시가 내게로 왔다》5, 마음산책, 2011

김재용·이종주, 《왜 우리 신화인가 – 동북아 신화의 뿌리, 〈천궁대전〉과 우리 신화》, 동아시아, 2004

김재희, 《깨어나는 여신 : 에코페미니즘과 생태문명의 비전》, 정신문화사, 2000

김정숙, 《자청비·가믄장아기·백주또》, 각, 2006

김종군 편역, 《한국 문학과 관련 있는 중국 전기 소설선》, 박이정, 2005

김태곤·최운식·김진영, 《한국의 신화》, 시인사, 2009

김화경, 《신화에 그려진 여신들 : 그 원래의 모습》, 영남대학교출판부, 2009

동아시아고대학회, 《동아시아 여성신화》, 집문당, 2003

문충성, 《설문대할망》, 문학과지성사, 1993

박범신, 《은교》, 문학동네, 2012

삼척군 군지편찬위원회, 《삼척군지》, 1985

서정주, 《미당 서정주 시 전집》1, 민음사, 1994

손경순·이흥구, 《한국무용총서》8, 보고사, 2010

신동흔, 《옛이야기의 힘》, 우리교육, 2012

이수광, 《한국 역사의 미인 – 천 년의 향기》, 영림카디널, 2007

임형택, 《한문 서사의 영토》1, 태학사, 2012

정종진, 《한국 현대문학과 관상학》, 태학사, 1997

조현설, 《마고할미 신화연구》, 민속원, 2013

조현설, 《우리 신화의 수수께끼》, 한겨레출판, 2006

조혜란, 《옛 여인에 빠지다》, 마음산책, 2014

피천득, 《인연》, 샘터사, 2002

한국외국어대학교 외국학종합연구센터, 《세계의 민간신앙》, 한국외국어대학교출판부, 2006

현용준, 《제주도 신화의 수수께끼》, 집문당, 2005

황인숙, 《꽃사과 꽃이 피었다》, 문학세계사, 2013

馬如森, 《殷墟甲骨文引論》, 東北師範大學出版社, 1993

釋厚重, 《觀音與媽祖》, 稻田出版, 2005

袁珂,《中國神話大辭典》, 四川辭書出版社, 1998

李劍平 主編,《中國神話人物辭典》, 陝西人民出版社, 1998

李淞 編著,《漢代人物雕刻藝術》, 湖南美術出版社, 2001

臧克和·王平 等編,《說文解字全文檢索》, 南方日步出版社, 2004

程俊英·蔣見元,《詩經注析》, 中華書局, 2005

中國畫像石全集編纂委員會,《中國畫像石全集 1：山東漢畫像石》, 山東美術出版社, 2000

中國畫像石全集編纂委員會,《中國畫像石全集 2：山東漢畫像石》, 山東美術出版社, 2000

中國畫像石全集編輯委員會,《中國畫像石全集 5：陝西·山西漢畫像石》, 山東美術出版社, 2000

中國畫像石全集編輯委員會,《中國畫像石全集 6：河南漢畫像石》, 河南美術出版社, 2000

中國畫像磚全集編輯委員會,《中國畫像磚全集：四川漢畫像磚》, 新華書店, 2006

黃丁盛,《跟着媽祖去旅行》, 晴易文坊, 2007

번역서(원전류)

갈홍 엮음, 임동석 역주,《신선전》, 고즈윈, 2006

곽박 주, 송정화 역주,《목천자전》, 살림, 1997

김종권 역주,《여사서》, 명문당, 1987

김학주,《원잡극선》, 명문당, 2001

노자, 김학목 옮김,《노자 도덕경과 왕필의 주》, 홍익출판사, 2012

동북아역사재단,《한서 외국전 역주》하, 동북아역사재단, 2009

반고, 안대회 편역,《한서열전》, 까치, 1997

반고, 홍대표 옮김,《한서열전》, 범우사, 2003

사마천, 정범진 외 옮김,《사기본기》, 까치, 2005

사마천, 정범진 외 옮김,《사기열전》상·중·하, 까치, 2006

성백효 역주,《시경》상·하, 전통문화연구원, 2008

안병주·전호근 공역,《장자》1, 전통문화연구회, 2008

염정삼, 《설문해자주》, 서울대학교출판부, 2008

유안, 안길환 옮김, 《회남자》 상·중·하, 명문당, 2001

유의경 엮음, 유효표 주, 김장환 역주, 《세설신어》 하, 살림, 2001

유향, 이숙인 옮김, 《열녀전》, 예문서원, 1997

유흠 지음, 갈홍 엮음, 김장환 옮김, 《서경잡기》, 예문서원, 1998

이상구 옮김, 《숙향전, 숙영낭자전》, 문학동네, 2010

이충구·임재완·김병헌·성당제 역주, 《이아주소》 1~6, 소명출판, 2008

일연, 김원중 옮김, 《삼국유사》, 민음사, 2007

정재서 역주, 《산해경》, 민음사, 1999

포송령, 김혜경 옮김, 《요재지이》 1, 민음사, 2002

형당퇴사 편, 류종목·주기평·이지운 옮김, 《당시삼백수》 1·2, 소명출판, 2010

번역서(일반 저서)

김상호 편저, 《악부민가》, 문이재, 2002

루쉰, 유세종 옮김, 《새로 쓴 옛날이야기》, 그린비, 2011

미다스 데커스, 오윤희·정재경 옮김, 《시간의 이빨》, 영림카디널, 2007

시앙쓰, 신종욱 옮김, 《구중궁궐의 여인들》, 미다스북스, 2014

오바야시 다료·고다마 요시오, 권태효 옮김, 《신화학입문》, 새문사, 1995

원가, 전인초·김선자 옮김, 《중국신화전설》 1, 민음사, 1999

조르주 미누아, 박규현·김소라 옮김, 《노년의 역사》, 아모르몬디, 2010

천둥위안, 송정화·최수경 옮김, 《중국, 여성 그리고 역사》, 박이정, 2005

천젠화·리스야, 심규호 옮김, 《홍안화수》, 중앙북스, 2013

헤르만 헤세, 두행숙 옮김, 《그리움이 나를 밀고 간다》, 문예춘추사, 2014

논문

강진옥, 〈마고할미 설화에 나타난 여성 신 관념〉, 《한국민속학》 25-1, 1993

김인희, 〈중국 마조신의 성격과 전파〉, 제3회 민속학국제학술대회, 1999

김인희, 〈한·중 해신신앙의 성격과 전파 – 마조신을 중심으로〉, 《한국민속학》 33, 2001

리전닝, 〈한·중 마고여신 비교 연구〉, 《아시아문화연구》 36, 2014

문영미, 〈설문대할망 설화 연구〉, 연세대학교 교육대학원 석사학위 논문, 1998

서승화, 〈중국의 마조신앙 연구 – 마조신앙의 사상적, 지역적 발전 과정을 중심으로〉,
    서강대학교 종교학과 석사학위 논문, 2006

석상순, 〈구비설화를 통해 본 '마고'의 원형〉, 《선도문화》 14, 2013

석상순, 〈한국의 '마고' 전승〉, 국제뇌교육종합대학원 박사학위 논문, 2012

염원희, 〈무속신화의 여신 수난과 신 직능의 상관성 연구〉, 《한국무속학》 20, 2010

우현수, 〈조선 후기 요지연도에 대한 연구〉, 이화여자대학교 미술사학과 석사학위 논문, 1996

유강하, 〈한대 서왕모 화상석 연구〉, 연세대학교 중어중문학과 박사학위 논문, 2007

이기상, 〈삼신할매 신앙에서 읽어내는 한국인의 살림살이 이성〉, 《해석학연구》 20, 2007

조현설, 〈동아시아 신화에 나타난 여신 창조 원리의 지속과 그 의미〉, 《구비문학연구》 31,
    2010

최광식, 〈삼신할머니의 기원과 성격〉, 《여성문제연구》 11, 1982

林順治, 〈媽祖文化中的民俗体育探析〉, 《西安体育学院學報》 2, 2011

謝重光, 〈媽祖文化:建構東亞共同體的重要精神資源〉, 《中共福建省委黨校學報》 2,
    2004

徐曉望, 〈澳門媽祖閣與媽祖信仰相關問題研究—兼答譚世宝先生的質疑〉,
    《世界宗教研究》 5, 2014

徐曉望, 〈清初賜封媽祖天后問題新探〉, 《福建師範大學學報》 2, 2007

苏永前, 〈西王母神格探原—比较神話學的视角〉, 《民族文學研究》 6, 2014

王見川, 〈台灣媽祖研究新论:清代媽祖封"天后"的由来〉, 《世界宗教文化》 2, 2013

王英暎, 〈從媽祖造像看中國神像造型美学的意涵〉, 《福建師範大學學報》 3, 2012

劉勤, 〈西王母神格升降之再探讨〉, 《四川师范大学学报》 3, 2008

劉菲菲, 〈媽祖信仰儀式的節慶展演和民俗變異—以洞頭'媽祖平安節'爲例〉,
    《温州大学学报》 3, 2014

劉錫誠, 〈神话昆仑與西王母原相〉, 《西北民族研究》 4, 2002

劉宗迪, 〈西王母信仰的本土文化背景和民俗渊源〉, 《杭州師範学院学报》 3, 2005

郑丽航,〈宋至淸代國家祭祀体系中的媽祖綜考〉,《世界宗教硏究》2, 2012

曹國慶·胡長春,〈麻姑的傳說及其信仰民俗〉,《江西社會科學》7, 2007

蔡少卿,〈中国民間信仰的特点與社会功能-以關帝'觀音和媽祖爲例〉,《江蘇大學學報》 4, 2004

胡長春,〈道敎女仙麻姑考〉,《中國道敎》5, 2004

기타

http://db.itkc.or.kr

http://www.baidu.com

http://yoksa.aks.ac.kr/intro.jsp

찾아보기